华统日中传节诗词诵读

傅璇琮 主编

阎琦 淡懿诚 副主编

淡懿诚 贾三强 选编

贾三强 赵国庆 刘璐 注释

雅赏编

陕西出版集团
三秦出版社

序　言

人类生活在空间和时间之中。

我们的祖先生活的空间就是广袤的中华大地。相对而言，空间是比较凝固且少变化的。在交通和信息都不发达的古代，我们的祖先被高山大河分割成许多小的地域，于是就有了不同地域的不同风情和民俗。

时间则是流动的。流动着的时间常常不留痕迹。太阳的升起和落下是每天的流动，月亮的圆缺是每月的流动，春夏秋冬的交替是每年的流动。为了给流动的时间留下印迹，为了记录和标示时间的流动，我们祖先有了日夜和十二时辰，有了春夏秋冬四季和一年十二个月。在以农业立国的我国古代社会，为了便于耕作、播种、收获和冬藏，我们的祖先在四季和十二个月的基础上再划分出二十四节气，这就是我们至今记诵不忘的"春雨惊春清谷天，夏满芒夏暑相连。秋处露秋寒霜降，冬雪雪冬小大寒"。如果说一年四季好像一把尺子，那么二十四节气就是尺子上的刻度，它不但记录着时间的流逝，还规定着不同地域人们各自的农业活动：该耕地了，该撒种了，该收获了……

二十四节气中最重要的立春、立夏、立秋、立冬、春分、秋分、夏至、冬至后来就成了节日。这是由封建国家的礼法规定下来的。每当这一天，皇帝要派大员（或皇帝亲自）主持一种仪式，表示对上天的敬仰，希望上天继续赐福于国家和子民。与这些仪式相对应的，就又产生了各地大同小异的风俗习惯。节日和民俗常常合而为一，就是这个原因。

在二十四节气以外，我们的祖先还根据天象、物候或人文的特点，创立或规定了许多其他的节日,如春节(包括除夕、人日)、上巳节(三月三日)、寒食节(清明前一日)、端午节(五月五日)、七夕节(又称乞巧节,七月七日)、中秋节(八月十五日)、重阳节(九月九日)、腊日(腊月八日)……与这些节日相对应的,也产生了各自不同的节俗,例如除夕守岁、春节(正月初一)拜年、人日登高等等。以上节日中,春节、除夕、中秋、重阳等源于天象,上巳源于物候(据说此日是百花生日),寒食、端午、七夕则与某些人文故事有关,据说寒食是纪念春秋时介之推的,端午是纪念爱国诗人屈原沉江的,七夕则因牛郎织女鹊桥相会而起……另外,传统节日中的一部分,源于宗教,如上元(即元宵节,正月十五)、中元(七月十五)、浴佛节(四月八日)等。

我国的传统节日大约到魏晋、至迟到南北朝已经齐备。南朝梁宗懔(499—563)著有《荆楚岁时记》一书,记载荆楚一带(今湖北、湖南)的民俗风情,尤其详载当地一年的节日。以宗懔关于荆楚节日及节俗的记载,对照北方至今犹存的节日、节俗,大体相同。宗懔的书,虽然称作"荆楚"岁时记,但据专家的考证,宗懔曾经做过西魏和北周的官,他一生的后二十年,是在关中(今陕西渭水流域)及长安度过的。宗懔写作此书在他的晚年,写作时不但参考了《礼记·月令》,还引用了《四民月令》《风土记》《风俗通》《晋阳秋》《三秦记》等书。这说明早在宗懔以前,我国的传统节日和大体相同的节俗已经在全国各地流传并稳定下来了。高山大河并没有能够阻断这些节日和节俗在全国范围内的流布。

随着社会的进步和发展,这些节日也在变化着。春节仍然保持着一年之中第一节的势头,而有些节日原先的意义则淡薄了,甚至取消了,如二十四节气中的大部分;有些节日强化了,如端午、七夕、中秋等,与宗教有关的节日,则几乎完全褪去了原有的宗教色彩,如上元(现在固定的称呼是元宵节)。凡是被人们保留并得到强化的节日,在民俗的意味之外,喜庆与娱乐的意义越来越强烈,文化的成分也越来越浓厚。

当然，无论是民俗还是娱乐，也是一种文化，那里面包含着人们对未来的向往，对和谐、安定、幸福的期盼。节日的喜庆与娱乐，是人们为了调节劳作与休息、满足自己身心需求和融洽人际之间的交往，对节日进行的改造和丰富。

在中华民族的历史上，传统节日是一笔珍贵的遗产。还有一笔珍贵的遗产同样值得我们珍惜，那就是我国古代诗（词）人用他们的诗笔，对这些节日和节俗的记录。这些诗词，给节日和节俗染上了浓浓的诗情。"寒随一夜尽，春逐五更来。"这是唐代王谌《除夜》诗的两句，形容新旧岁的交替在一夕之间，是多么的贴切！宋代王安石《元日》诗："爆竹声中一岁除，春风送暖入屠苏。千门万户曈曈日，总把新桃换旧符。"为我们描绘了一幅暖日融融的春节风俗画。读一遍《古诗十九首》的"迢迢牵牛星，皎皎河汉女。纤纤擢素手，札札弄机杼……"我们不但要洒一掬同情之泪给天上的双星，还似乎感觉到了七夕之夜的清凉和美丽。在特定的节日氛围里，古代诗人们还不知不觉流露并寄托了他们的感触和情怀，最常见的是思念家乡和亲人的感情。如唐代王维《九月九日忆山东兄弟》的"独在异乡为异客，每逢佳节倍思亲"，说出了人们节日独自在外不能与家人团聚的遗憾；唐代杜牧的《九日齐山登高》和宋代苏轼的《水调歌头》，却能赋出"尘世难逢开口笑，菊花须插满头归""人有悲欢离合，月有阴晴圆缺，此事古难全。但愿人长久，千里共婵娟"的旷达和乐观。读着这些诗词，一方面让我们感叹古代诗（词）人对人情世味的体会之深，语言概括之精炼独到，也让我们的节日平添了许多情趣，节日的内容更丰富多彩。古代诗（词）人们的节日诗词里，可能还有一些他们当老病、穷愁甚至战乱、灾荒、国破家亡之际的一些体会，这些，我们今天已经无法一一亲历；即使不能亲历，通过这些诗，我们也能更贴近古人，并理解他们那个时代，转而更加热爱和珍惜今天来之不易的幸福和平安。

《中华传统节日诗词诵读》就是这样一本书。书中为小学、中学生编选了一些古代诗（词）人描写节日的诗词（少数当代的诗人、词人的诗词也酌选了几首），约请古代文学的专家为这些诗词作了简单的注释和解读。除夕之夜，当我们一家老小等待着新年钟声响起的时候；元宵之夜，当大人为儿童们点起形状各异的灯笼的时候；当清明、端午、七夕、中秋和重阳那一天，我们仿照流传了几千年的中华习俗、重复着我们的先人传下来的各种活动并朗诵着古代诗（词）人留给我们的节庆诗词的时候，我们就会深深地感到，无论是寥廓的空间和流动无痕的时间，都没有隔断我们和古人的联系，我们仿佛一下子又和先人们挨得很近很近……这就是文化的传承。只要这文化传承的薪不尽，火不灭，我们民族的历史就不会断绝。

编　者

目　录

一、春节、元宵节

春　节 ·· （1）
幽州元日 ·· 唐·张　说 ······ （9）
乐成岁日赠孟浩然 ··· 唐·张子容 ······ （10）
元日呈李逢吉舍人 ··· 唐·杨巨源 ······ （12）
苏州李中丞以元日郡斋感怀寄微之及予辄
　依来篇走笔奉答兼呈微之 ························· 唐·白居易 ······ （13）
岁日感怀 ·· 唐·李　约 ······ （15）
岁日朝会口号 ·· 唐·杜　牧 ······ （16）
丙午岁旦 ·· 唐·司空图 ······ （18）
嘉祐己亥岁旦呈永叔内翰 ······························ 北宋·梅尧臣 ······ （19）
鹧鸪天·丁巳元日 ·· 南宋·姜　夔 ······ （21）
丙申元旦 ·· 元·张之翰 ······ （23）
辛酉元日写怀 ·· 元·黄　泽 ······ （24）
元日宴集中庆堂客散后留鹏飞再酌用前韵
　 ·· 元·刘　鹗 ······ （25）
元　日 ·· 元·许　恕 ······ （26）
庚戌元日立春试笔 ··· 明·杨　基 ······ （28）
癸丑元日喜雪因携酒过来青堂招诸生共饮
　 ·· 明·贝　琼 ······ （29）
元日有感（壬寅） ·· 明·朱　同 ······ （30）
元　日 ·· 清·彭孙遹 ······ （32）
黔阳元日喜晴 ·· 清·查慎行 ······ （33）

1

人日寄杜二拾遗	唐·高适	(35)
人日言怀	唐·杜甫	(37)
十五夜观灯	唐·卢照邻	(38)
上元	唐·郭利贞	(40)
上元日惜春寄袭美	唐·陆龟蒙	(41)
永遇乐	宋·李清照	(43)
青玉案·元夕	南宋·辛弃疾	(45)
立春日酬钱员外曲江同行见赠	唐·白居易	(47)

二、寒食节、清明节

清明节		(49)
寒食城东即事	唐·王维	(55)
寒食	唐·孟云卿	(56)
寒食日东阳道中作	唐·方干	(57)
寒食前有怀	唐·温庭筠	(58)
寒食夜	唐·韩偓	(60)
寒食西湖	宋·蔡襄	(61)
寒食许昌道中寄幕府诸君	宋·司马光	(62)
山中寒食	金·元好问	(63)
秦邮杂诗六首（其一）	清·王士祯	(64)
清明	北宋·黄庭坚	(66)
临安春雨初霁	南宋·陆游	(67)
庚辰西域清明	元·耶律楚材	(68)
清明日小集远就阁用介白韵	清·朱鹤龄	(70)

三、端午节

端午节 (72)

竞渡曲	唐·刘禹锡	(79)
岳州端午日送人游郴连	唐·徐 寅	(81)
五月五日	北宋·梅尧臣	(83)
喜迁莺·端午泛舟	北宋·黄 裳	(84)
过弋阳观竞渡	南宋·杨万里	(86)
端午月山主人酒边即事	元·黄 庚	(87)
端午节	明·杨 爵	(89)
端午日独坐长山署中有感	明·王世贞	(90)
端阳有感	现代·李敷仁	(91)

四、七夕节

织女赠牵牛	南朝·沈 约	(93)
望织女	南朝·范 云	(95)
七夕诗	南朝梁·萧 衍	(96)
七夕穿针	南朝梁·刘 遵	(98)
七 夕	唐·沈佺期	(99)
七夕寄怀	唐·温庭筠	(100)
七夕作	宋·钱 易	(101)
菩萨蛮·七夕	宋·陈师道	(102)
夺锦标·七夕	元·张 埜	(103)

五、中秋节

中秋节		(106)
中秋夜月二首	唐·杜 甫	(109)
八月十五夜桃源玩月	唐·刘禹锡	(111)
酬乐天中秋夜禁中玩月见寄	唐·元 稹	(113)
中秋夜同诸客玩月	唐·白居易	(115)

中秋夜玩月，时在义林寺	唐·许　浑	(116)
嫦　娥	唐·李商隐	(117)
中秋对月	唐·曹　松	(118)
依韵酬叶道卿中秋对月二首	北宋·范仲淹	(119)
中秋月	北宋·晏　殊	(121)
中秋夜不见月二首	宋·宋　祁	(122)
八月十五日看潮	宋·苏　轼	(124)
丁未孟秋夜月明如中秋，因思范公守南阳赏月及坡公赤壁之游皆七月望也，作短歌记之	宋·孙　介	(125)
鄂州南楼	南宋·范成大	(127)
念奴娇·过洞庭	南宋·张孝祥	(129)
满江红·中秋致远	南宋·辛弃疾	(131)
中秋近愿晴	南宋·白玉蟾	(133)
唐多令·吴江中秋	南宋·汪元量	(134)
游仙曲	宋·陈允平	(136)
保德军中秋	金·蔡　珪	(138)
中　秋	元·李俊民	(140)
癸卯中秋之夕与诸君会饮山中感时怀旧情见乎辞	元·段克己	(142)
中秋见月	元·马　臻	(144)
中秋望月	元·张　翥	(147)
中秋醉后偶作	元·柯九思	(149)
中秋月夜泛舟于金陵石头城	元·萨都拉	(152)
中秋望月（甲辰年赋）	元·张　昱	(154)
中秋夜泊黄河	明·沈梦麟	(155)
中秋述怀	明·王　中	(157)
丁亥中秋	明·王　越	(159)
中秋无月	明·何景明	(161)
中秋同何仲默望月	明·韩邦靖	(162)
中秋集定慧寺，时自金陵暂归	明·黄姬水	(163)

庚申中秋	明·吴本泰	(164)
戊寅中秋	清·张 英	(166)
中秋月蚀	清·汤右曾	(168)
中秋对月放歌	清·田 雯	(169)
中秋月忆大兄督运巴里坤	清·李予望	(172)
中秋望月	现代·董必武	(173)

六、重阳节

于长安归还扬州，九月九日行薇山亭赋韵诗	南朝陈·江 总	(176)
九日登高	唐·王昌龄	(178)
九日登巴陵置酒望洞庭水军	唐·李 白	(179)
九 日	唐·杜 甫	(182)
九日使君席奉饯卫中丞赴长安	唐·岑 参	(183)
九月八日酬皇甫十见赠	唐·白居易	(185)
九日黄楼作	宋·苏 轼	(186)

七、除 夕

除夜作	唐·高 适	(190)
残 腊	宋·欧阳修	(191)
壬子除夕	南宋·陆 游	(193)
除夕送次公子入京受县	南宋·杨万里	(195)
除 夜	宋·方 岳	(198)
除夕客中忆女	明·高 启	(199)
甲戌除夕	清·蒋廷锡	(201)
药王山除夕杂感 二首	现代·于右任	(203)

一、春节、元宵节（26首）

春 节

春节指农历正月初一开始的节日，是东亚许多地区传统上庆祝新的一年的节日。春节的传统名称为新年、大年，但口头上多称过年；农历新年则称为"元旦"，意即一年的头一天。

中国辛亥革命后，民国政府废阴历改以阳历纪年，曾试图禁止人民庆祝农历新年，但因民间的坚持而未果。后在袁世凯主政期间，将1月1日定为新年元旦，以阴历正月初一为"春节"，但老百姓照旧"过新年"，作家们照旧写"过元旦"。"春节"一词真正广为流行还是在1949年之后。农历新年现在也被称为农历年、旧历年。

春节的定义有四种：最狭义的说法，春节仅指正月初一。中国将除夕和正月初一定为春节；第二种说法是政府规定的假期，大致以除夕至正月初三为春节假期；第三种是传统习俗上的春节，从小年（腊月二十三或二十四）开始，直到新年的正月十五元宵节；第四种同样是传统习俗上的春节，大年初一开始，直到初十五。

当然最广义的定义是指从腊月初八腊八节开始，一直到二月初二龙抬头结束。民间有"没出正月就算过年"的说法。

春节还有许多别称，如表示第一天的有：元旦、元辰、元朝、元日。还有朔日，端日；另有表示一年之首的岁朝，表示一年之首、一月之首、一日之首的三元、三朝等。而春节的称呼始于民国，之前多称春节为元旦。

正月的一些日子亦有不同的别称：初一为鸡日，初二为狗日，初三为猪日，初四为羊日，初五为牛日，初六为马日，初七为人日，初八为谷日。

在中国北方，一般在农历腊月（十二月）廿三日过小年。但在南方的湖北、湖南、江西等同样是汉族聚集地的省份，则往往于农历腊月（十二月）廿四日过小年。因此，农历小年在中国南北方不同地区并非是同一天。

大年从腊月最末一天开始，一般认为到正月十五日元宵节为止，亦有未出正月就是过年的说法。

起源

过年习俗源自何时很难考究，不过一般认为起源于中国殷商时期的年头岁末祭神、祭祖活动（腊祭）；一说最早在尧舜时就有过春节的风俗。农历的正月是一年的开始，而正月上旬或中旬，大部分情况正好是春季的开始（少部分情况立春是在农历腊月下旬）。节日的时间相信和农业劳作影响有关；甲骨文和金文中的年字都有谷穗成熟的形象。

不同时期春节的时间也不一样。夏朝为岁首；商朝为四季大祀中的冬祀。也有说古代所谓"春节"，意思是春天的节序，曾经还专指二十四节气中的立春，有时也泛指整个春季。汉武帝时推行太初历，才明确规定夏历的正月初一为岁首，为夏历新年。春节在公历1月21日至2月20日之间游动。立春在2月4日或2月5日。

历史

上古：有说法说尧舜时期已有类似春节的庆祝活动，但是未成规模。

殷商：春节起源于殷商时期祭神、祭祖活动。

西周：春节期间开始有农业庆祝活动。

汉朝：形成正式春节礼仪。

汉朝：开始有爆竹（烧竹子）。

汉朝：团拜礼仪。官员朝贺天子。

魏晋：开始有鞭炮。

魏晋：开始有守岁习俗。

一、春节、元宵节

五代后蜀：开始有春联。蜀太子题写的"天垂余庆，地接长春"是中国最早的一副春联。

宋朝：开始使用火药制成的鞭炮。

民国：将元旦定义为西历1月1日，将春节定义为农历正月初一。

民国：曾试图禁止人民庆祝农历新年。

传说

熬年守岁——守岁，就是在旧年的最后一天夜里不睡觉，熬夜迎接新一年的到来的习俗，也叫除夕守岁，俗名"熬年"。探究这个习俗的来历，在民间流传着一个有趣的故事：太古时期，有一种凶猛的怪兽，散居在深山密林中，人们管它们叫"年"。它的形貌狰狞，生性凶残，专食飞禽走兽、鳞介虫豸，一天换一种口味，从磕头虫一直吃到大活人，让人谈"年"色变。后来，人们慢慢掌握了"年"的活动规律，它是每隔三百六十五天窜到人群聚居的地方尝一次口鲜，而且出没的时间都是在天黑以后，等到鸡鸣破晓，它们便返回山林中去了。

算准了"年"肆虐的日期，百姓们便把这可怕的一夜视为关口来煞，称作"年关"，并且想出了一整套过年关的办法：每到这一天晚上，每家每户都提前做好晚饭，熄火净灶，再把鸡圈牛栏全部拴牢，把宅院的前后门都封住，躲在屋里吃"年夜饭"，由于这顿晚餐具有凶吉未卜的意味，所以置办得很丰盛，除了要全家老小围在一起用餐表示和睦团圆外，还须在吃饭前先供祭祖先，祈求祖先的神灵保佑，平安地度过这一夜，吃过晚饭后，谁都不敢睡觉，挤坐在一起闲聊壮胆。就逐渐形成了除夕熬年守岁的习惯。

万年创建历法说——相传，在古时候，有个名叫万年的青年，看到当时节令很乱，就有了想把节令定准的打算。但是苦于找不到计算时间的方法，一天，他上山砍柴累了，坐在树阴下休息，树影的移动启发了他，他设计了一个测日影计天时的晷仪，测定一天的时间，后来，山崖上的滴泉启发了他的灵感，他又动手做了一个五层漏壶，来计算时间。天长日久，他发现每隔三百六十多天，四季就轮回一次，天时的长短就重复一遍。

当时的国君叫祖乙,也常为天气风云的不测感到苦恼。万年知道后,就带着日晷和漏壶去见皇上,对祖乙讲清了日月运行的道理。祖乙听后龙颜大悦,感到有道理。于是把万年留下,在天坛前修建日月阁,筑起日晷台和漏壶亭。并希望能测准日月规律,推算出准确的晨夕时间,创建历法,为天下的黎民百姓造福。

有一次,祖乙去了解万年测试历法的进展情况。当他登上日月坛时,看见天坛边的石壁上刻着一首诗:
日出日落三百六,周而复始从头来。
草木枯荣分四时,一岁月有十二圆。
知道万年创建历法已成,亲自登上日月阁看望万年。万年指着天象,对祖乙说:"现在正是十二个月满,旧岁已完,新春复始,祈请国君定个节吧。"祖乙说:"春为岁首,就叫春节吧。"据说这就是春节的来历。

冬去春来,年复一年,万年经过长期观察,精心推算,制定出了准确的太阳历,当他把太阳历呈奉给继任的国君时,已是满面银须。国君深为感动,为纪念万年的功绩,便将太阳历命名为"万年历",封万年为日月寿星。以后,人们在过年时挂上寿星图,据说就是为了纪念德高望重的万年。

贴春联和门神——据说贴春联的习俗,大约始于一千多年前的后蜀时期,这是有史为证的。此外根据《玉烛宝典》《燕京岁时记》等著作记载,春联的原始形式就是人们所说的"桃符"。

在中国古代神话中,相传有一个鬼域的世界,当中有座山,山上有一棵覆盖三千里的大桃树,树梢上有一只金鸡。每当清晨金鸡长鸣的时候,夜晚出去游荡的鬼魂必赶回鬼域。鬼域的大门坐落在桃树的东北,门边站着两个神人,名叫神荼、郁垒。如果鬼魂在夜间干了伤天害理的事情,神荼、郁垒就会立即发现并将它捉住,用芒苇做的绳子把它捆起来,送去喂虎。因而天下的鬼都畏惧神荼、郁垒。于是民间就用桃木刻成他们的模样,放在自家门口,以避邪防害。后来,人们干脆在桃木板上刻上神荼、郁垒的名字，认为这样做同样可以镇邪去恶。这种桃木板后来就被叫做"桃符"。

到了宋代，人们便开始在桃木板上写对联，一则不失桃木镇邪的意义，二则表达自己美好心愿，三则装饰门户，以求美观。又在象征喜气吉祥的红纸上写对联，新春之际贴在门窗两边，用以表达人们祈求来年福运的美好心愿。

为了祈求一家的福寿康宁，一些地方的人们还保留着贴门神的习惯。据说，大门上贴上两位门神，一切妖魔鬼怪都会望而生畏。在民间，门神是正气和武力的象征，古人认为，相貌出奇的人往往具有神奇的禀性和不凡的本领。他们心地正直善良，捉鬼擒魔是他们的天性和责任，人们所仰慕的捉鬼天师钟馗，即是此种奇形怪相。所以民间的门神永远都怒目圆睁，相貌狰狞，手里拿着各种传统的武器，随时准备同敢于上门来的鬼魅战斗。由于我国民居的大门，通常都是两扇对开，所以门神总是成双成对。

唐朝以后，除了以往的神荼、郁垒二将以外，人们又把秦叔宝和尉迟恭两位唐代武将当作门神。相传，唐太宗生病，听见门外鬼魅呼号，彻夜不得安宁。于是他让这两位将军手持武器立于门旁镇守，第二天夜里就再也没有鬼魅搔扰了。其后，唐太宗让人把这两位将军的形象画下来贴在门上，这一习俗开始在民间广为流传。

习俗

春节是我国一个古老的节日，也是全年最重要的一个节日，如何庆贺这个节日，在千百年的历史发展中，形成了一些较为固定的风俗习惯，有许多还相传至今。

扫尘

"腊月二十四，掸尘扫房子"，据《吕氏春秋》记载，我国在尧舜时代就有春节扫尘的风俗。按民间的说法：因"尘"与"陈"谐音，新春扫尘有"除陈布新"的涵义，其用意是要把一切穷运、晦气统统扫出门。这一习俗寄托着人们破旧立新的愿望和辞旧迎新的祈求。

贴春联

春联也叫门对、春贴、对联、对子、桃符等,它以工整、对偶、简洁、精巧的文字描绘时代背景,抒发美好愿望,是我国特有的文学形式。每逢春节,无论城市还是农村,家家户户都要精选一幅大红春联贴于门上,为节日增加喜庆气氛。这一习俗起于宋代,在明代开始盛行,到了清代,春联的思想性和艺术性都有了很大的提高,梁章矩编写的春联专著《楹联丛话》对楹联的起源及各类作品的特色都作了论述。

春联的种类比较多,依其使用场所,可分为门心、框对、横披、春条、斗方等。"门心"贴于门板上端中心部位;"框对"贴于左右两个门框上;"横披"贴于门楣的横木上;"春条"根据不同的内容,贴于相应的地方;"斗斤"也叫"门叶",为正方菱形,多贴在家俱、影壁中。

贴窗花和倒贴"福"字

剪纸在我国是一种很普及的民间艺术,千百年来深受人们的喜爱,因它大多是贴在窗户上的,所以也被称为"窗花"。窗花以其特有的概括和夸张手法将吉事祥物、美好愿望表现得淋漓尽致,将节日装点得红火富丽。

在贴春联的同时,一些人家要在屋门上、墙壁上、门楣上贴上大大小小的"福"字。春节贴"福"字,是我国民间由来已久的风俗。"福"字指福气、福运,寄托了人们对幸福生活的向往,对美好未来的祝愿。为了更充分地体现这种向往和祝愿,有的人干脆将"福"字倒过来贴,表示"幸福已到""福气已到"。

年画

年画是我国的一种古老的民间艺术,反映了人民朴素的风俗和信仰,寄托着他们对未来的希望。年画,也和春联一样,起源于"门神"。随着木板印刷术的兴起,年画的内容已不仅限于门神之类单调的主题,变得丰富多彩。我国出现了三个年画主要产地:苏州桃花坞,天津杨柳青和山东潍坊;形成了中国年画的三大流派,各具特色。

我国现今收藏最早的年画是南宋《随朝窈窕呈倾国之芳容》的木

刻年画，画的是王昭君、赵飞燕、班姬和绿珠四位古代美人。民间流传最广的是一幅《老鼠娶亲》的年画。描绘了老鼠依照人间的风俗迎娶新娘的有趣场面。民国初年，上海郑曼陀将月历和年画二者结合起来。这是年画的一种新形式。这种合二而一的年画，以后发展成挂历，至今仍然流传。

守岁

除夕守岁是最重要的年俗活动之一，守岁之俗由来已久。最早记载见于西晋周处的《风土志》：除夕之夜，各相与赠送，称为"馈岁"；酒食相邀，称为"别岁"；长幼聚饮，祝颂完备，称为"分岁"；大家终夜不眠，以待天明，称曰"守岁"。

"一夜连双岁，五更分二天"，除夕之夜，全家团聚在一起，吃过年夜饭，点起蜡烛或油灯，围坐炉旁闲聊，等着辞旧迎新的时刻，通宵守夜，象征着把一切邪瘟病疫照跑驱走，期待着新的一年吉祥如意。这种习俗后来逐渐盛行，到唐朝初期，唐太宗李世民写有"守岁"诗："寒辞去冬雪，暖带入春风。"直到今天，人们还习惯在除夕之夜守岁迎新。

古时守岁有两种含义：年长者守岁为"辞旧岁"，有珍爱光阴的意思；年轻人守岁，是为延长父母寿命。自汉代以来，新旧年交替的时刻一般为夜半时分。

压岁钱

春节拜年时，晚辈要先给长辈拜年，祝长辈人长寿安康，长辈可将事先准备好的压岁钱分给晚辈，据说压岁钱可以压住邪祟，因为"岁"与"祟"谐音，晚辈得到压岁钱就可以平平安安度过一岁。压岁钱有两种，一种是以彩绳穿线编作龙形，置于床脚，此记载见于《燕京岁时记》；另一种是最常见的，即由家长用红纸包裹分给孩子的钱。

春节食俗

在古代的农业社会里，大约自腊月初八以后，家庭主妇们就要忙着张罗过年的食品了。因为腌制腊味所需的时间较长，所以必须尽早准备，我国许多省份都有腌腊味的习俗，其中又以广东省的腊味最为著名。

蒸年糕，年糕因为谐音"年高"，再加上有着变化多端的口味，几乎成了家家必备的应景食品。年糕的式样有方块状的黄、白年糕，象征着黄金、白银，寄寓新年发财的意思。

吃年夜饭，是春节家家户户最热闹愉快的时候。大年夜，阖家团聚，围坐桌旁，共吃团圆饭已成为每个中国人过春节最大的期盼。

年夜饭，一般少不了两样东西，一是火锅，一是鱼。火锅沸煮，热气腾腾，温馨撩人，说明红红火火；"鱼"和"余"谐音，是象征"吉庆有余"，也喻示"年年有余"。还有萝卜俗称菜头，祝愿有好彩头；龙虾、爆鱼等煎炸食物，预祝家运兴旺如"烈火烹油"。最后多为一道甜食，祝福往后的日子甜甜蜜蜜。

年夜饭的名堂很多，南北各地不同。北方人过年习惯吃饺子，是取新旧交替"更岁交子"的意思。又因为白面饺子形状像银元宝，一盆盆端上桌象征着"新年大发财，元宝滚进来"之意。有的包饺子时，还把几枚沸水消毒后的硬币包进去，说是谁先吃着了，就能多挣钱。吃饺子的习俗，是从汉朝传下来的。

南方新年有吃馄饨习俗，是取其开初之意。传说世界生成以前是混沌状态，盘古开天辟地，才有了宇宙四方。

长面，也叫长寿面。新年吃面，是预祝寿长百年。

【作者简介】

张说（667—730），唐代文学家。字道济，一字说之。洛阳人。武后时授太子校书，中宗时迁黄门侍郎等职，睿宗时任宰相，玄宗时拜中书令，封燕国公。其文章重实用，讲风骨，刚健朗畅，尤长于碑志。与许国公苏颋（tǐng）齐名，并称"燕许大手笔"。诗风朴实劲健，明朗简括。今存《张燕公集》二十五卷。

幽州元日[1]

唐·张说

今岁元日乐,不谢去年春。
知向来心道,谁为昨夜人。

【注释】

[1] 幽州:唐代方镇名,治所在今北京市。 元日:农历正月初一。

【赏析】

这是一首寓意深刻的小诗。唐玄宗开元初年,诗人曾任右羽林将军,兼检校幽州都督。这首诗应作于这段时期。他从今年过年与去年过年以及除夕宴乐和初一喜庆的对比中,发现了一些生活中的哲理。前两句是事物具有一致性。今年过年喜气洋洋,因而联想到去年亦复如此,由此再联想到以往年岁,又何尝不是呢!真是"年年岁岁花相似"。但是转念一想,果真如此吗?事物并不一定具有常性,如果可以洞彻古往今来的人心奥秘,那么,有哪一位同昨夜的他是同一个人?一年中没有任何一夜像除夕到大年初一早上这一夜让人感到世事的巨变:一觉醒来,毕竟又长了一岁,喜庆中难免喟然长叹于人生的无常,真是"岁岁年年人不同"!这后两句,竟然有了些佛教的意味。这就是事物的差异性。第三句"一二二"结构的句式,生拗中别具一种不和谐之美。

【作者简介】

张子容,生卒年不详,唐代襄阳(今襄樊)人。玄宗先天年间进士。官乐城令,后值战乱,弃官还乡以终。然诗集已佚。《全唐诗》录存十九首,《唐才子传》录存一首。

乐成岁日赠孟浩然[1]

唐·张子容

土地穷瓯越,风光肇建寅[2]。
插桃销瘴疠,移竹近阶墀[3]。
半是吴风俗,仍为楚岁时。
更逢习凿齿,言在汉川湄[4]。

【注释】

[1] 乐成:应为"乐城",县名,即今浙江乐清。 岁日:农历新年第一天。

[2] 瓯(ōu)越:瓯,温州古之别称;越,周朝国名,在今浙江东部。瓯越泛指东南一带。 建寅:农历正月。古代以北斗斗柄的运转位置计算月份,对应于十二地支。正月黄昏时,北斗星的斗柄指向东北方的寅位,夏历以此为岁首,称作建寅。

[3] 瘴疠(zhàng lì):南方山林温热地区流行的恶性疟疾等传染病。 墀(chí):殿前台阶上的空地。

[4] 习凿齿:东晋文学家、史学家,襄阳人。以文章著称于世。曾著《汉晋春秋》。晚年辞官还乡。这里用博学多才的同乡习凿齿指代孟浩然。 汉川:指流经襄阳的汉江。 湄(méi):岸边。

【赏析】

这是一首表面看来未见出色,但实则蕴含丰富的诗歌。先看写作背景。作者张子容与唐代著名诗人孟浩然是同乡,早年一起在襄阳东南三十里的鹿门山隐居,多有诗歌互赠,堪称是生死之交。两人年龄应相仿佛。玄宗先天元年(712)冬,孟浩然二十三岁时,张子容前往京城应进士举,次年春登第,当了晋陵县尉,可谓少年得意。反观孟浩然,可能是总指望朝廷能将他当成名士征召入朝,直接做官,所以直拖到开元十五年(727),才进京应试。但在第二年的考试中,竟然落选,因此开始了在长城内外,大江南北的漫游生活。开元十九年(731),他在吴越一带。张子容在仕途上也并不顺畅,这时不知为什么,贬官乐城当县令。孟浩然在这年过年时,专程渡海去看望这位老友。

　　张子容善五律,诗风清逸淡雅,情趣高远,与孟浩然相似,但韵味稍逊。从这首诗可略见一斑。自己在官场近二十年了,居然落得这样的状况,此时正处于寂寞凄凉之中。恰在这时,别后一直没见过面,诗名享誉天下的老友专程在除夕前来这个穷乡僻壤探望,陪自己过年,作者内心之狂喜可想而知。既然见了面,自己的情况总要说说的。诗的前三联,都是说自己如何在这里过年的。一会儿插桃枝以避邪,一会儿在门前移上一丛竹子,总之,既按照故乡的习惯,也有吴人风俗。最后一联,是这首诗歌的重点。友人出乎意料的到来,增添了别样的惊喜。一个"更"字,将这种喜态,非常传神地表现出来。尽管习凿齿与孟浩然都博学多才,然而习主要是史学家,孟是诗人,用习指代孟,看起来总有点不伦不类。但读了最后一句,就会恍然大悟。因为习凿齿还有部名著《襄阳耆旧记》,专述襄阳一带名人事迹。"客从故乡来,应知故乡事",在这除夕之夜守岁时,大约孟浩然说得更多一些,讲了作者离开以后故乡发生的种种事情。作者不由想到:"这真是当代的《襄阳耆旧记》啊!"在恶劣的环境中刻意开掘出年节的喜庆气氛,颇有些苦中作乐,尤其是将浓浓的友情,在不经意的点染中,化作平淡如水的叙述。化不开的乡愁,对亲人的眷恋,对故人的思念,对自己处境的感慨,还有对于人生的憧憬和对于美好的向往……深入体会,是否能品出几丝催人泪下的杂陈之五味呢?

【作者简介】

　　杨巨源(755—?),字景山。河中(治所在今山西永济)人。贞元年间进士。由秘书郎擢拔为太常博士、礼部员外郎。曾出做凤翔少尹,后又召除国子司业。《全唐诗》存其诗一卷。

元日呈李逢吉舍人[1]
唐·杨巨源

华夷文物贺新年，　霜仗遥排凤阙前[2]。
一片彩霞迎曙日，　万条红烛动春天。
称觞山色和元气，　端冕炉香叠瑞烟。
共说正初多圣泽[3]，试过西掖问群贤[4]。

【注释】

　　[1]李逢吉（758—835）：字虚舟，陇西人。举明经，又擢进士第。任官左拾遗。元和时，迁给事中、皇太子侍读。改中书舍人，知礼部贡举。拜门下侍郎、同中书门下平章事，此为宰相之任。　舍人：李逢吉时任中书舍人。唐代此官为皇帝的侍从之臣，职掌起草诏令，宣旨劳问，收受各种公文，分理各省事务，职位非常隆崇。

　　[2]阙：汉代宫阙名。这里泛指帝王宫殿。

　　[3]正初：正月开始，即大年初一。

　　[4]西掖：唐代为中书省的别称。

【赏析】

　　正月初一，古时朝廷依例有大朝会，群臣上朝给皇帝拜年，皇帝劳问臣下，官员们互相道喜，类于今天的团拜会。既成惯例，文臣又多富文采，因此历代这类诗作不胜枚举，内容也都差不多，无非是铺排场面，渲染气象，歌舞升平，祝祷万岁等。这首诗也是如此。据史载，李逢吉在唐宪宗元和九年（814）任中书舍人，元和十一年（816）二月拜相，因此这首诗只可能作于元和十年或十一年，作者时年已六十岁左右了。作品富丽堂皇：一会儿说到朝会的场面如何弘阔，中外人士，济济一堂,为皇上贺岁;一会儿又说皇帝是多么英明,自己如何与李逢吉等中书省的同仁共同称颂皇帝的恩泽。唐宪宗即位以后,以祖宗唐太宗和早年玄宗等明君为榜样,勤于政事,与大臣同心同德,取得了元和削藩的巨大成果,并重振大唐雄风,史称"元和中兴"。因此,诗中流露出的欣喜,也不可一概以阿谀奉承而论,因为确有时代背景的因素在。但总的看来,似乎缺少一些生气。

杨巨源与白居易、元稹、刘禹锡、王建等人交好,其诗也很受这些人的推崇。白居易就曾对他诗歌中的名句"三刀梦益州,一箭取辽城"交口称赞。他耽于吟咏,作诗格律工致,风调流美,颔颈二联,时见佳句。这首诗中的第二联"一片彩霞迎曙日,万条红烛动春天",将宫外黎明的景色与宫中煊赫的场面,写得异常鲜明生动,富有气势。

【作者简介】

白居易(772—846),字乐天,下邽(今陕西渭南)人。唐贞元十五年进士,元和年间任翰林学士、左拾遗等职。后因上表请求严缉刺杀宰相武元衡的凶手,得罪权贵,贬江州司马。长庆二年任杭州刺史,宝历初年任苏州刺史。后官至刑部尚书。晚年居洛阳,号香山居士。有《白氏长庆集》。

苏州李中丞以元日郡斋感怀寄微之及予辄依来篇走笔奉答兼呈微之[1]

唐·白居易

白首余杭白太守, 落拓抛名来已久[2]。
一醉渭北故园春, 再把江南新岁酒。
杯前笑歌徒勉强, 镜里形容渐衰朽。
领郡惭当潦倒年, 邻州喜得平生友。

长洲草接松江岸[3]，　曲水花连镜湖口[4]。
老去还能痛饮无，　春来曾作闲游否？
凭莺传语与李六，　倩雁将书寄元九。
莫嗟一日日催人，　且喜一年年入手。

【注释】

　　[1]中丞：指李谅。字复言，官任御史中丞、苏州刺史。后文称为李六，为其排行。　郡斋：郡守起居之处，即州刺史官邸。　微之：作者友人元稹（779—831）之字。河南洛阳人。排行第九，故后文称其"元九"。唐穆宗长庆二年为相，三月后即罢免。与白居易友善，倡导诗歌新乐府运动，时称"元白"。作者写诗时，元稹任越州（治所在今浙江绍兴）刺史。

　　[2]落拓：寂寞失意。

　　[3]长洲：指代苏州。长洲，在苏州西南长江中。松江，太湖支流，即今吴淞江。

　　[4]曲水：指代越州。曲水，在今浙江绍兴西南兰亭山。镜湖，又名鉴湖，在绍兴北。

【赏析】

　　白居易的生平，以元和十年（815）四十四岁为界，分成前后两期。前期奋发有为，后期从贬官江州始，主要是明哲自保，但仍在力所能及的情况下，坚持为民做事。这首诗写于长庆四年（824）元日。白居易时任杭州刺史。苏州刺史李谅大年初一在官邸中写了一首诗，寄赠元稹和白居易。诗人于是参照其诗，写诗回赠，并寄给元稹。诗的前八句是作者的自况。这一年，作者已五十三岁，仕途上的风风雨雨经历无数，现在杭州做官，尽管此地号称人间天堂，然还是难舍忧怀。作者生平的抱负，是他自己的两句名言，"达则兼善天下，穷则独善其身"，这几句诗可说是对这一抱负的解说。前四句是现实处境中的"独善"，年逾五旬，蹉跎半生。所剩下的，只是以酒为伴了。而且从家乡下邽

（在今陕西渭南北），一气喝到现在的任上。当然，这些只是作者的放旷之词，作为一位深受儒家济世理想支配的文人士大夫，兼善的理想使他并未忘怀世事。面对镜中的衰颜，纵使杯前笑歌，他也心里痛苦，深为自己的无所作为而惭愧，好在两位好友李谅与元稹，都与自己相邻，一位在苏州，一位在越州。诗中后八句很有意思，从结构上看，是分总分总的两层意思：分别用两句说李元二人，再用两句将三人放在一起总说。"长洲"两句是以地名指代李谅，"曲水"两句则是指代元稹。而从诗意上看，又回到了"独善"上。作者自劝劝人，但两层有递进关系：第一层不必再将什么国家大事放在心头，而是及时行乐，诗酒游玩；第二层是不要管时日催人老，还是乐过一年算一年吧。对于一个刚刚说过"徒勉强"和"惭当"的有抱负的文人，这样说是真心话吗？

【作者简介】

李约，生卒年不详，李唐宗室（李勉之子），郡望陇西（今甘肃成纪）。字存博，字号萧斋。元和年间曾任兵部员外郎，后弃官隐居。其人尚节义，工诗文，精通音乐书法，喜好黄老之学。《全唐诗》存其诗十首，《全唐文》存其文二篇。

岁日感怀

唐·李 约

曙气变东风[1]，蟾宫夜漏穷[2]。
新春几人老，　旧历四时空。
身贱悲添岁，　家贫喜过冬。
称觞唯有感[3]，欢庆在儿童。

【注释】

[1] 曙（shǔ）：破晓，天刚亮的时候。

[2] 夜漏：漏，古代计时器，一般用铜壶滴漏的方法计时。夜漏，引申为夜间时刻。

[3] 称觞（shāng）：觞，酒杯。称觞，即举杯祝酒。

【赏析】

　　夜色退去，曙光微呈，随着天空破晓，新年的春风扑面而来。过去的一切皆已成为空幻，在这美好的新春时刻，世间又增多了几位老人呢？我悲叹年龄增加，但也庆幸家里缺衣少食又熬过一冬。举起酒杯全家祝贺新年吧，虽然自己感触满怀，可是儿童们却欢天喜地。这首诗表现了作者新年里矛盾而又无奈的微妙心理：一方面为新的一年到来而兴奋，一方面又为自己年老一岁而悲哀；喜的是贫家熬过残冬有了盼头，悲的是脸上皱纹、头上白发又加深了。一面是儿童的欢天喜地，一面是老叟的自叹自怜。两相比照，煞是有趣。这就是唐代一位清苦诗人新春的自白。

【作者简介】

　　杜牧（803—约852），字牧之，京兆万年（今陕西西安）人。文宗太和年间进士，做过黄州、湖州等地刺史，在朝做过司勋员外郎、中书舍人等职。世称杜樊川。擅长七言近体诗，诗风清丽俊爽，自成一家，与李商隐齐名，世称小"李杜"。有诗文集《樊川文集》存世。

岁日朝会口号[1]

唐·杜 牧

星河犹在整朝衣，　　远望天门再拜归。

笑向春风初五十[2]，敢言知命且知非[3]。

一、春节、元宵节

【注释】

[1] 岁日：犹元日。　朝（cháo）会：诸侯或臣属朝见君主。口号：古体诗的一种。表示随口吟成，和口占相似。

[2] 初：初度。指始生之时。

[3] 知命：语出《论语·为政》篇："吾十有五而志于学，三十而立，四十而不惑，五十而知天命，六十而耳顺，七十而从心所欲，不逾矩。"　知非：语出《庄子·寓言》篇："孔子行年六十而六十化。始时所是，卒而非之，未知今之所谓是之非五十九非也。"

【赏析】

　　古代大年初一，臣下要给皇帝拜年。满天星斗，正处黎明前的黑暗中，作者仍不敢大意，反复整理了自己的官礼服。但看来陛下仍未起床，作者并未进宫，只好远远地在宫门外叩拜一番，然后回家。真是战战兢兢，如履薄冰，生怕出点什么漏子。忙了一早上，在家里坐定，这才想到自己。一转眼，已经五十岁了。在人生七十古来稀的古代，这也算是老年人了。但是作者似乎并无老人的颓唐心态，在早春降临之时，满怀欣喜地面对老年阶段的来临。进入暮年，其诗歌成就已直逼杜甫，以"小杜"闻名天下，在兵学研究中也取得了卓越成就，可以笑对人生时，作者想的却是自己的不足。孔子说自己"五十而知天命"，庄子说实则不然，因为孔子到了六十岁时思想仍然一点都不僵化，敢于在不断地否定自己中进步。圣人都是如此，而自己这种凡夫俗子，远没有达到知天命的境界，更不敢说以正确的我否定错误的我了。诗人一共只活了五十岁，这首诗应是他最后的作品之一。在生命的暮年，仍然有这样旺盛的生命力和永不止息的追求精神，实在令人敬佩，也有些天不假年的唏嘘。

【作者简介】

司空图（837—908），晚唐著名诗论家。字表圣，河中（今山西永济）人。咸通年间进士，官至中书舍人，后隐居中条山。朱温代唐，图不食而死。诗风淡冷清雅，诗论强调"韵外之致""味外之旨"。所撰《诗品》对后世颇有影响，然而近年来有学者认为此著是后人伪托。今存《司空表圣文集》十卷，又后人辑《司空表圣诗集》三卷。

丙午岁旦[1]

唐·司空图

鸡报已判春[2]，中年抱疾身。
晓催庭火暗，风带寺幡新[3]。
多虑无成事，空休是吉人。
梅花浮寿酒，莫笑又移巡[4]。

【注释】

[1] 丙午：此处指唐僖宗光启二年（886）。 岁旦：一年的第一天。

[2] 判：分开，分离。此句指元日鸡鸣，春日开始。

[3] 幡（fān）：长形的旗子。

[4] 移巡：移，改变。巡，量词，多用于饮酒。移巡，意谓喝了好多酒。

【赏析】

这首诗别具一格。别人贺岁，诗人愁岁。唐末黄巢率大军于广明元年（880）攻入长安，唐僖宗西逃，司空图前往凤翔拜见，被任为知制诰、中书舍人，成为皇帝身边侍臣。次年僖宗避乱入蜀，司空图没有追随,而是回到了家乡河中(今山西永济西南蒲州镇)。从此二十多年时间中,他过着隐居生活,直到去世。这首诗同他的大部分诗歌一样,是在这一时期写成的。作为大唐王朝的忠臣,此时,他所效忠的王朝,正如夕阳,向地平线下坠去。作者那种无可言状的愁绪,这首诗里可见一斑。前四句写过年之事。年满五十,勉强还算中年,但已一身是病。接着的两句,尤为凄楚。破晓之时,守岁的炭火已渐渐灭去,曙光中,邻近寺院里的和尚倒没忘了过年,还换上了一面新的旗幡。这两句有很强的象征性,暗下去的,又何尝不是大唐的命运之火呢,而日新又日新的,是来自佛国的永恒召唤。诗的后四句,则是作者强作欢颜之词。反正愁也罢,虑也罢,终是于事无补,还不如一天无所事事,倒落个平安。喝酒吧,开开心心,一醉万事休。诗的后四句故作达观之词,然而国事堪忧,己事成悲,愁苦之状,是否欲盖而弥彰?

【作者简介】

梅尧臣(1002—1060),字圣谕,宣州宣城(今安徽宣城)人。因宣城古名宛陵,故世称宛陵先生。他出身农家,屡试不第。宋仁宗天圣九年凭叔父之门荫入仕,历任州县属官。皇祐三年赐同进士出身,任太常博士等职。著有《宛陵先生集》,存诗达两千八百多首。

嘉祐己亥岁旦呈永叔内翰[1]

北宋·梅尧臣

阶前去年雪,　　镜里旧时人。
不觉应销尽,　　相看只似新。
屠苏先尚幼[2],　彩胜又宜春[3]。
独爱开封尹,　　钟陵请去频[4]。

【注释】

[1] 嘉祐己亥：即嘉祐四年（1059）。嘉祐，宋仁宗年号。永叔内翰：欧阳修（1007—1072），字永叔，北宋著名政治家、文学家。时任翰林学士，加龙图阁学士，知开封府，故后文称其为开封尹。内翰，翰林学士的别称。

[2] 屠苏：草名。古时以其泡成药酒，正月初一时饮用。

[3] 彩胜：也叫"旛胜"。唐宋时风俗，每逢立春日，剪纸或绸作旛戴在头上或系在花下，以庆祝春日来临。

[4] 钟陵：县名，即今江西南昌。宋代洪州的治所在此地。

【赏析】

梅尧臣是北宋诗文革新运动中的重要成员，与欧阳修有深厚的友情。欧阳修在仕途上一帆风顺，二十五岁中进士，次年在西京（洛阳）与梅尧臣相识，两人结为一生的挚友，各自的集子中多有与对方寄赠唱和的诗作。与欧阳修相反，梅尧臣仕途坎坷，直到五十岁才被赐同进士出身。至和元年（1054），欧阳修奉诏修撰《新唐书》，不久，梅尧臣也参与了这项工作。他从此至辞世一直在这个职位上。这首诗就写在这一时期。诗的前六句是一层，都是送旧辞新之意。尽管门前阶上的雪和镜子中的自己，还是去年的老样子，但是实际上，不知不觉中发生了根本性的变化，因为在作诗的岁旦，已是新一年的雪和新一年的人了。作者似有无限的感慨。"屠苏"两句是对旧与新的总括。屠苏言"旧"，仍在雪下做冬日的蛰伏，远远不能用来泡酒，但是人们头上戴的和花下系的彩旛，却放眼皆是一片报春的"新"消息。人生就是在这样年复一年的新陈代谢中度过的。最后两句，则是语兼祝祷与调侃。嘉祐三年（1058），欧阳修接替包拯即民间传说中的包公做了开封府尹，这是北宋首都汴京的地方行政长官，工作繁剧。而欧阳修因受眼疾和儿子患伤寒的困扰，不断告假，屡请解职。现存的《欧阳修全集》中，有写于这段时期的《乞洪州第二札子》到《乞洪州第四札子》。他是想去公务较为清闲的洪州，养养身心。这两句是说，我最喜欢你这个京城的父母官,却总想去个较为偏远的州府享清福。既有对朋友的同情,也有轻松的谐谑,而两人亲密的友情,在不经意间流露出来。好在这年的二月,欧阳修的辞职获准,虽未去成洪州,但工作的重担可以暂时息肩,不知是否也托了梅尧臣的吉言?

【作者简介】

姜夔(约1155—约1211),南宋人。字尧章,号白石道人,鄱阳(今江西波阳)人。早年随父任官至汉阳,先后漫游江南一带。一生布衣,漂流困顿,于贫病中死于杭州。擅长诗词,精通音律,能自制新声。是南宋词坛清空派的代表作家。

鹧鸪天·丁巳元日[1]

南宋·姜 夔

柏绿椒红事事新[2],隔篱灯影贺年人。
三茅钟动西窗晓[3],诗鬓无端又一春。
慵对客,缓开门, 梅花闲伴老来身。
娇儿学作人间字, 郁垒神荼写未真[4]。

【注释】

[1] 鹧鸪天:词牌名。双调五十五字,平韵。

[2] 柏绿椒红:指椒酒柏酒。古代风俗,农历元旦向祖先或家长献上此酒,以示祝祷或拜贺之意。

[3] 三茅:古人祭祀用的茅草。因茎有三棱,也被称作三脊茅。古代以为祥瑞。

[4] 郁垒神荼:二神名。古人传说其能治恶鬼,因此被用来作为门神。

【赏析】

　　这首词写于宋宁宗庆元三年（1197）大年初一。这是一年中的第一天，也是万象更新的一天。但是这也是与旧的一年告别的最后时刻，新旧交糅的一天。作者就是在新与旧的冲突和汇同的心境中写他此际的所见，特别是所感。词的上片前三句与后一句中间有个转折。在黑暗的天色中，新年到来。灯火照耀下，用来祭祖和献于家长的柏枝酒和花椒酒已经备好，一绿一红，色彩鲜艳；乡党邻居们，也打着灯笼，隔着院篱，前来拜年。天刚破晓，阖家老少，一起祭拜先祖，献上神圣的青茅。这些，都标识着新的一年到来。一切都充满了喜庆气氛。可是，诗人旋即想到，鬓边的白发又该多了一些，无所作为的日子又过了一年，真是无可奈何。下片的前两句承上而来，将这种无奈的情绪具象化。"慵对客，缓开门"两句，将对于前来拜年的亲友邻人，懒于接待，表面和气但心中烦闷的神态，写得颇为生动。但是对新春怒放的梅花，他却是别样一种感情：梅花却是自己友情不衰的好友，会相伴自己毕生的。厌于人事而醉心自然的心态，在中国落魄文人中是相当普遍的。作者一生布衣，有这样的想法是自然而然的。最后两句又是笔锋一转，在后一代的身上，发现了新的生活，新的生命。小儿已学着写门神了，尽管字迹稚嫩，但是，总有一天，他会长大成人的。在对儿子的观照中，他找到了生活的希望和亮点。这就是"人生代代无穷已"。

【作者简介】

　　张之翰，字周卿，邯郸（今属河北）人，元代词作家。生平不详。曾为御史台掾与王博文等为同僚。年龄大约较胡紫山（1227—1293）小十岁左右。他的诗词中有与赵孟頫、卢挚等人的唱和之作。《元史》无传，惟《松江府志》载其事。生平著述甚富，晚号西岩老人，有《西岩集》二十卷。

丙申元旦

元·张之翰

碌碌虽无治郡才，　　新正有句也须裁。
庭中爆竹驱傩后[1]，　枕畔灯花报喜来。
四载因循留谷水[2]，　五云依约望蓬莱[3]。
从今尽有东风便，　　为问归舟几日开。

【注释】

[1] 傩（nuó）：中国古代的一种风俗。迎神以驱逐厉鬼。这里指鬼怪。

[2] 谷水：太湖支流松江之别名，即今之吴淞江。

[3] 蓬莱：传说在东海中的神山，此处指仙境。

【赏析】

根据史书记载，作者是个清廉的官员，《松江府志》说他"有古循吏风，时民苦荒，租额以十万计。之翰力除其得以蠲除，至今犹祀于名宦祠"。而曾任松江知府："之翰至元（1264—1294）末自翰林侍讲学士知松江府"，因此可知，他大体生活在元代前期。从作品中可以看出，他已任松江知府四年，因此，这首诗大概写在元成宗大德二年（1298）。元代前期，国内民族矛盾、贫富矛盾非常尖锐，以汉民族为主体的下层人民深受压迫，整个社会动荡不安，大多数汉族文人不愿或无法参政。而作者在这种社会环境下，在职位上尽己所能为民谋利，也算难能可贵。诗的前四句写自己在新年来临时的心境，谦称自己无善政可言，但是过年时仍喜气洋洋。倒是后四句有些意思：在此任职四年，平平安安，但是心中已有登仙之想。元代时，道教全真派流行，这一方面有人们渴望有个幸福境界来躲避现实黑暗的因素，也与道教是中国本土宗教,在一切反抗思想已被牢牢钳制的时候,人们,尤其是汉民族文人,想用它来寄托民族情绪有关。最后两句,又不说道教,而是与李商隐一样,"欲回天地入扁舟",即过隐居生活。总之,他已对官场生活厌恶,想摆脱社会,换一种活法了。

【作者简介】

黄泽(1260—1346),字楚望,元州(今江西九江)人,以明经道为志,钻研程朱理学。大德年间,授江州景星书院山长,迁南昌东湖书院山长,后家居授徒。经学著述甚多。现存《易学滥觞》《春秋师说》等。

辛酉元日写怀[1]

元·黄 泽

旂山南望郁苍苍[2], 十载经营绿埜庄[3]。
耕读自无尘俗累, 钓游多在水云乡。
菊因秋去含霜老, 梅近春来带雪香。
寒暑催人头易白, 惟须对景尽瑶觞。

【注释】

[1] 辛酉:这里指元英宗至治元年(1321)。
[2] 旂山:在今江西湖口县西南。
[3] 埜:"野"的古字。

【赏析】

黄泽生平较为简单,一生钻研理学,只在故乡江西江州和南昌当过书院院长。据史书载,任职届满,他就回到故乡隐居授徒。从诗中描写看,写于他隐居十年之后。他的生活年复一年,看来毫无变化,但他却认为找到了生活的真谛。十载田舍下,悠然望南山,且耕且读,秋去春来,梅菊相伴,尽管老之将至,但对此良辰美景,小酌美酒,吟赏烟霞,人生还有什么更快乐的事么?作者晚年,正是元代后期统治相对较为缓和的,且奉行"理学独尊"的文化政策时期,因此,作为理学家的诗人的这种描写也未必没有现实依据。但是,在他死后仅仅六年,就爆发了红巾起义,中国大地成了人间地狱。对此,他能料想到吗?

【作者简介】

刘鹗(1289—1363),字楚齐,永丰(今江西广丰)人。累官翰林编修,元末红巾军起事后,任江州总管,又被擢升为广东副使。死于元末战乱中。鹗为文风骨高秀,学者称其为浮云先生。有《惟实集》。

元日宴集中庆堂客散后留鹏飞再酌用前韵

元·刘 鹗

宴罢惊看晓日晴,共传街市有欢声。
故乡休问今奚似,薄酒何妨更尽情。
遣兴赋诗那用好,感时抚事苦难平。
尘清共作江南计,旋买荒田趁早耕。

【赏析】

从诗中所写的情事看,这首诗应该作于元代末年红巾军起义后的天下大乱中。正月初一,作者设早宴待客。然而客人们散后,他独留下这位鹏飞先生继续饮酒,看来两人应是挚友,他还有些知心话想要倾诉。诗的首联是叙事描写。可能黎明时有雾,现在散席后,终于看到朝日,街上,也有了欢歌笑语。新的一年,热热闹闹地降临了。但是，接下来的四句转而为抒发烦忧之情。作者心中的苦衷是家乡江西一带，正处于战乱之中，不知成了什么样子。欲说还休，不如且饮薄酒，与友人共叙情谊。但是，吟诗作赋都无法排遣他剪不断理还乱的忧思，他难以静心。家人不说，但是天下人总不能不关心。"苦难平"三字，将他此时的这种心态，传达出来。最后一联，是写他的理想，等到天下太平后，与这位友人一起，回到江南老家，在这一年之计在于春的时分，早早开耕播种，当个无忧无虑的农夫。可是他的这个理想，永远实现不了了。因为不久后，他在任广东副使任上，江西义军数万陷城，他被执押回江西囚禁，但始终大骂敌方，因而被杀，留下了一首绝笔诗："生作元朝臣，死作元朝鬼。忠节既无惭，清风自千古。"他终于以这样的方式，回到了故乡。

【作者简介】

许恕（？—1374），字如心，江阴（今属江苏）人。至正中荐授澄江书院山长，旋弃去。元末天下大乱，于是遁迹海上，与山僧野老为侣，善自晦匿，罕相识者，故明初征召不及。著有《北郭集》六卷，补遗一卷。他的诗意沉郁，而音节高朗。

元　日

元·许　恕

思亲惊节序，元旦出吴门[1]。
艇子沙边缆，梅花竹外村。
军兴忘岁月，旅食信乾坤。
日入征帆落，炊烟起赵屯[2]。

【注释】

[1] 吴门：今江苏苏州的别称。
[2] 赵屯：镇名。即今上海青浦县。

【赏析】

从诗中的描写看，应该作于元代末年避乱海边时。这首诗写了大年初一他在旅途上的生活。首联叙事。不知为什么，诗人在苏州滞留，到大年初一才惊觉应和亲人团聚，于是急急忙忙朝家赶，出了苏州城门。这里的"元旦"也有初一大早的意思。次联语兼叙描。上了雇的小船，才松下一口气。"梅花竹外村"，写途中所见，富有诗情画意。梅花斗寒怒放，丛竹之间，村落人家隐约在望，真好比世外桃源。第三联一转，写所感所思。"忘"字与前边的"惊"呼应，解释惊之原由。正因兵荒马乱，烽烟四起，才使自己连过年这样的大事都忘得一干二净。接下来又自作宽解，为躲战火，离开故乡，成为四处漂荡之人，也只能将一切交付老天爷了。尾联写到了日暮时分，抵达赵屯，已是别人家用初一晚饭的时候了。"日入"与"元旦"呼应，是写时间的流度，从早到晚，而"赵屯"紧承"吴门"，则是用两个地名词，表示了空间的移动。这两地之间，正是船行一日的路程。这一联明是描写，暗有叙事，作者的写法非常巧妙。

【作者简介】

杨基（1326—1378），明初诗人。字孟载，号眉庵，原籍嘉定州（今四川乐山）人，生长于吴中。元末曾入张士诚幕，明初官山西按察使，后削职，谪为输作，卒于工所。有《眉庵集》。

庚戌元日立春试笔[1]

明·杨 基

柳暖已破眼,　　　花寒尚含腮。
腊随除夜尽,　　　春逐岁朝来。
凤凰台下春归蚤[2],　龙池柳色瀛洲草[3]。
一夜东风雪尽消,　十年南国人空老。
富贵非吾愿,　　　文章非我能。
且沽白下桥边酒,　来看金陵市上灯。

【注释】

[1] 庚戌：这里指明太祖洪武三年（1370）。
[2] 凤凰台：古台名，在今江苏南京南。 蚤：通"早"。
[3] 龙池：犹凤池，指朝廷政令所出的中书省。 瀛洲：唐太宗李世民为网罗人才，设文学馆，任命十八学士轮宿馆中，以备顾问。时人慕之，称其为"登瀛洲"。这里还是指宫中。

【赏析】

作者在明朝初年，与高启、张羽、徐贲，号为"吴中（今苏州一带）四才子"，是著名诗人和学者。可惜生不逢年，青年时天下大乱，他先是入朱元璋的敌手张士诚幕，后又改投张士诚任命的淮南行省参知政事饶介门下。朱元璋打败张士诚后，将诗人安置在自己的老家临濠（今安徽凤阳临淮关西），显然是怕他仍有二心。在洪武二年（1369），将他放归苏州。但旋即又将他任命为荥阳（今属河南）知县，这首诗即写于他为此奉召去南京的时候。在这除旧布新的日子，他的心情是，既有对新生活的期许，又有对旧日生活的感慨，尤其是对未来的恐慌和无奈。前四句讲送旧迎新，前两句分说新年旧岁。古人将初绽的柳芽称作柳眼,认为与美人的丹凤眼相似,故有此喻。次二句讲新旧交替,正在这一夜中实现。接下来的七言四句,承"春逐岁朝来",具体描写新春景象和此刻自己的心情。前三句将官中的景、城内外的景色描写得宛如仙境,但是最后一句落到自己身上,却是十年一觉,人徒老矣。这句感慨含意很深。诗人早年以才气为世人所知,且有济世理想,可惜投错了门,站到了朱元璋死对头张士诚一边,因此落到现在这样的处境。不仅人老了,且一生的抱负也化为流水。最后四句表达了自己的理想。不求富贵是中国文人的口头禅,有多少诚意在内真是难说,但是诗人说文章非自己所长,显然不是事实。看来他真是不打算用自己的才能来改善自己的处境。这反过来也让我们不能不认真看待他说的不求富贵了。最后的两句将自己的理想挑明,也算是"卒章显志",白天喝酒,晚上看灯,在这座六朝古都的灯红酒绿中了此残生。但是,朱元璋对于曾经抬过敌手轿子之人的猜忌,让他这一可怜的理想也无法实现,八年之后,他死于谪所。用明丽的春景衬托自己凄苦的心境,是这首诗的显著特点。

【作者简介】

贝琼(1314—1378),字延居;一名阙,字延臣,浙江崇德(今并入桐乡)人。明代诗文家。元末客游江浙间,张士诚据吴,累征不就。明初召修《元史》,官国子助教。诗风平易;写景记事之作,时流露出隐逸思想。有《清江贝先生文集》《清江贝先生诗集》。

癸丑元日喜雪因携酒过来青堂招诸生共饮[1]

明·贝 琼

梦觉黄鸡唱已三,隔窗声碎饲吴蚕。
惊风夜半愁回北,瑞雪春前雨过南。

携酒试从田父饮，买花那称老人簪。
丰年有象应堪卜，满意来青共笑谈。

【注释】

[1] 癸丑：这里指明太祖洪武六年（1373）。　来青堂：在浙江嘉兴石门殳山，为元代陆容所居之处。作者有《来青堂记》。

【赏析】

诗人在这新的一年到来之际，以欢欣的心情，写了乡村隐居生活的一些小景。鸡鸣叫早，春蚕啮桑；早起携酒，老人簪花；瑞雪兆丰，朋友欢饮。无一句及愁词，所见所感，即便是旧的景物，但一经点染，都成为新气象和新生命的律动和赞歌。颔联两句写得很妙，有没有忧愁呢，人生在世，怎能无忧，可是，它已随着曾经肆虐的北风，在昨天半夜悄然地逃回北方，而片片瑞雪夹杂的春雨，在南国大地喧腾地降临。有什么理由不满心欢喜！

【作者简介】

朱同，字大同，号朱陈村民、紫阳山樵。明初休宁人。明人范榉称他洪武中以人才举为东宫官，寻进礼部侍郎。而同时范准说他是由吏部员外郎升礼部侍郎。范准与朱同相交至契，所记应更准确。有文武才，工绘画。犯事死。有《覆瓿集》。

元日有感（壬寅）[1]

明·朱　同

万国衣冠拜衮衣[2]，两年元旦负归期。
江云朝卷千寻碧，　海日晴曛五色旗[3]。

一、春节、元宵节

江上雪消春水长，　山中寒重早梅迟。
莫思乡党常年会，　宝剑当酬国士知[4]。

【注释】

[1] 壬寅：明成祖永乐二十年（1422）。
[2] 衮衣：古代帝王穿的绘有卷龙的礼服，因此也用来借指帝王。
[3] 曛：夕阳的余辉。这里用作动词。
[4] 国士：一国中最优秀的人。此指秉政者。

【赏析】

　　连着两年正月初一，都在朝中参加大朝会，因此没有回家，前两句是解释未能归乡的表面原因，从"负"字可见，诗人对于家人是有内疚的。但接下来的两联，就将这种负面情绪完全遮盖住了。三四句写南京壮美的冬景：元旦早上；江上彩云翻卷，湛蓝的天一望无际如水洗过；黄昏，同海面一样辽阔的江面上，五色彩旗在火红的夕阳照耀下，猎猎起舞。五六句变成近焦距特写，分别写了南京的两个小景：长江上的雪在春风吹拂中化开，春潮涨起；钟山中仍是冰天雪地，梅花未开。最后两句与首联的"负归期"遥相呼应，解释自己未能归乡的真正原由——我常劝解自己，不要想念乡里乡亲们相处的那种暖融融的情谊，这是因为，我要报效皇上的知遇之恩。这里用了两个典故。一个是伍子胥宝剑酬渔父。春秋时，楚平王无道，臣下伍奢苦谏被杀，诛连族人。其子伍子胥逃出昭关，前有太湖阻挡，后边追兵已至。幸有渔父摇船赶到，救他脱险。事后，他解下宝剑相酬，被对方以救人不求报答为由断然拒绝。另一个是豫让报智伯之恩。战国初期，三家分晋中，智伯被赵襄子杀死，智伯门客豫让决心为他报仇。其事不果，豫让被执，赵襄子问他为什么三番几次的要刺杀自己？豫让答道："智伯以国士遇臣，臣故国士报之。"即他将我视作是优秀的人，我当然要将他作为最好的人来报答。"这最后一句的意思是，我要用自己最珍贵的一切来报答朝廷。

　　诗中的颔联和颈联，写得非常出色。所涉景物，构图线条色彩，无一不佳。大处气势恢弘，细部表现精美。尤其是用"朝卷"将江云与碧空，用"晴曛"将海日与彩旗做若有若无的关联，很有些耐人寻味之神韵。作者真不愧是位杰出的绘画大师。

【作者简介】

彭孙遹（yù）（1631—1700），清初词人。字骏孙，号羡门，浙江海盐人。顺治进士，康熙时举博学鸿词第一，授编修，官累至吏部右侍郎。词风纤艳。亦能诗。有《松桂堂集》《延露词》等。

元 日
清·彭孙遹

曙色高城万户开，　穷阴空谷一时回。
春来雪后迟归雁，　人去山中早见梅。
秦径晓云浮睥睨[1]，横塘初日上楼台[2]。
闲居景物堪幽赏，　更遣流光入酒杯。

【注释】

[1]秦径：山名，又名秦驻山、秦望山，在海盐县南十八里。相传秦始皇登此山而望海，因而得名。　睥睨（pì nì）：这里指城墙上的锯齿形矮墙，也叫女墙。

[2]横塘：长堤名。由浙江嘉兴南五里向南延伸至海盐。

【赏析】

这首诗很可能写于作者晚年退隐后家居期间。全诗一、三、五、七句与二、四、六、八句形成相反相成的对比关系。首联是晴城与阴山的对比。作者巧妙地将两者写成了因果关系，在晴朗的朝日照射下，千门万户齐开,头天晚上的不受人欢迎的阴霾只好悄悄地躲进城外的山谷之中。诗一开首,就创下了喜气洋洋的基调。次联是冬寒与春暖的对比。尽管今年春天来得迟了,仍是白雪皑皑,而且大雁踪影不见,但是山中的红梅,已斗寒怒放,冰雪可以阻挡住春姑娘的脚步么?三联照应首联,写到了家乡海盐两个标志性的景物。前一句照应"穷阴"句,仍写山景,将其具象化。秦径山飘来的浮云,时时掠过城墙;后一句则照应"曙色"句,晓日从长堤升起,染红了城上高高的楼台:两者相斗,红日可能是失败者吗?作者此时,已再无公务一身轻了,携来初日的辉光,洒彻手中的酒杯,还有什么比这种生活更惬意吗?尾联用赏景与饮酒二事,是对比,更是互补。作者一生安定,在朝时身居要职,因此诗中流露出别样的富贵之气。

【作者简介】

查(zhā)慎行(1650—1727),原名嗣琏,一字梅余,号初白。浙江海宁人,清初诗人,康熙三十二年(1693)举人,康熙四十二年(1703)赐进士出身,官编修。其诗多纪行旅见闻,善于白描,语言通俗形象。有《敬业堂诗集》等。

黔阳元日喜晴[1]

清·查慎行

曙色晴光一片明,乱峰衔雪照孤城。
未吹北笛梅先落,才及东风柳便轻。
万里烟霜回绿鬓,十年兵甲误苍生。
眼前可少丰年兆,野老多时望太平。

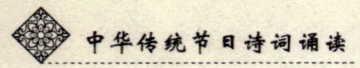

【注释】

　　[1] 诗题下原有注：以下壬戌，此年为康熙二十一年（1682）。黔阳：县名。治所即今湖南洪江。

【赏析】

　　查慎行一生好出游，多有纪游诗。中举以前，曾入贵州军幕，这首诗应该写于这次经历中。大年初一，天气放晴，诗人心情不错。诗一开始就照应诗题中的"喜"字。首联写了山城景色。天光山色，一片光明，山头上的积雪，将山城照得分外妖娆。颔联首句用了个典故。"梅花落"是汉乐府横吹曲名。其声哀怨，因此唐代诗人常用来表达忧思。高适的《塞上听吹笛》诗中有"借问梅花何处落？风吹一夜满关山"之句，李白《与史郎中钦听黄鹤楼上吹笛》中的名句"黄鹤楼中吹玉笛，江城五月落梅花"，更为人们熟知，其中都用了这个典故。作者可能是因为"孤城"所引发的孤独之感，使心中涌出了愁绪，并借着眼前的梅花凋落之事表达出来。但旋即看到了迎风舞动的轻飏柳丝，一丝不快也随风飘去。不过，颈联又转为长叹。首先，是因为自己在这离乡后的万里奔波中，黑油油的鬓发开始花白，不觉老之将至；而更让人忧心如焚的是遍地的战火。康熙十二年（1673），明降将吴三桂在云南举兵，号称天下都招讨兵马大元帅，起兵反清，先后兵至贵州、广西、广东、湖南、四川等地。康熙十七年（1678）吴三桂死，他的孙子吴世璠继位，继续领导叛军。直到作者写诗前的两个多月，云南省城被清军攻破，吴世璠自杀，战火才逐渐熄灭。这近十年的战争，使多少生灵涂炭！因此，尾联前句再次照应"曙光晴色"，不过这次不再是喜庆了。其潜台词是：别晴了，还是继续下雪吧，这才是丰年之兆啊。次句又有个语气之转：即便有了瑞雪，又真能兆出丰年吗，现在连平安的日子还没过上。全诗以"晴"景作为行气谋篇的焦点，一气贯注，但是情绪却大起大落，由"喜"而起，却终于忧叹，这可能是作者也始料不及的吧。

一、春节、元宵节

【作者简介】

高适（700—765），盛唐诗人。字达夫、仲武，沧州（今河北省景县）人，居住在宋中（今河南商丘一带）。天宝八载（749）应举中第，授封丘尉，后辞官，入陇右、河西节度使哥舒翰幕，为掌书记。安史之乱后，曾任淮南节度使、彭州刺史、蜀州刺史、剑南节度使等职，官至左散骑常侍，封渤海县侯。世称"高常侍"。卒赠礼部尚书，谥号忠。有《高常侍集》《中兴间气集》等传世。高适为唐代著名的边塞诗人，与岑参并称"高岑"。

人日寄杜二拾遗[1]

唐·高 适

人日题诗寄草堂，遥怜故人思故乡。
柳条弄色不忍见，梅花满枝空断肠！
身在南蕃无所预，心怀百忧复千虑。
今年人日空相忆，明年人日知何处？
一卧东山三十春，岂知书剑老风尘，
龙钟还忝二千石，愧尔东西南北人！

【注释】

[1] 人日：旧俗以农历正月初七为人日。宋高承《事物纪原·天生地植·人日》引东方朔《占书》曰："岁正月一日占鸡，二日占狗，三日占羊，四日占猪，五日占牛，六日占马，七日占人，八日占谷。皆晴明温和，为蕃息安泰之侯。" 杜二拾遗：指杜甫。杜甫行二，唐肃宗时官至左拾遗。

【赏析】

这首诗写于唐肃宗上元二年（761）。高适和杜甫早在二十年前的开元末年相识相交，情谊甚笃。在安史乱后，高适受到朝廷重用，任淮南节度使，平定了永王李璘的叛乱。后来由于遭到宦官李辅国等的嫉恨而解职留守东京，又先后出任彭州（今属四川）和蜀州（治所在今四川崇庆）刺史。杜甫此时正流落到成都，曾专程去蜀州看望了这位老友。事后，高适写了这首诗，寄赠居住在成都草堂的杜甫。

全诗分为三段，每四句换韵，各成一层意思。第一段写诗人在这万象更新之时的感情活动。怜友思乡，使他忧愤满怀。"怜"本意是爱，这里是想念的意思。接下来的两句，与"怜"和"思"字构成点染关系，用具象的叙述描写渲染抽象的感情。此刻柳树萌叶，梅花绽放，一片新春喜色，但在诗人的心中却只能激起"不忍见"的"断肠"之情。这种感情还有更深一层的背景。如果单纯是"怜"友，对于高适这样的铁汉来说，会显得有些矫情。但是考虑当时安史之乱仍未平息，两人的故乡正处在水深火热之中，尸横遍野，生灵涂炭的现实，就毫不奇怪了。读来确实令人心酸。第二段表面上看主要是写忆友之情的煎熬，但插入"无所预"三字，重心明显挪移。"预"是参预国政的意思。高适与许多盛唐诗人一样，对自己的济世之才颇为自信，但由于"负气敢言"受到迫害，在国家正是用人之际，偏偏局于南蕃一隅。因此他的"百忧""千虑"更主要是因国事而生。最后一段承上而来。写诗人报国无门的痛苦。"一卧东山三十春"，用了个典故。相传东晋谢安少有才名，国家征召，每以疾辞。他寓居会稽，终日醉卧东山，放情丘壑。但实际上，其并非消极遁世，而是时常纵思远想，有济世之志。诗人用这个典故，是说自己不甘于现在这种空食俸禄的安然生活，而为可能如此终老一生焦虑，也愧对天下之人。怀才不遇，报国无门，是中国历代自认屈才的雄杰之士的共同悲哀，所以这个"愧"字，包含有巨大的历史负载。从思友而始，最终落在报国而不得上，真是从小见大！

这首诗在杜甫心中有着特别的地位。在九年之后的大历五年（770）正月二十一日，杜甫翻出了这首诗，此时高适已去世四年。抚物思人，杜甫不由老泪纵横，"泪洒行间"，写下《追酬故高蜀州人日见寄并序》这首带序的长诗。其中有句"叹我凄凄求友篇，感君郁郁匡时略"，可谓深得高适忧国忧时的文心。

【作者简介】

杜甫（712—770），字子美，原籍襄阳（今襄樊），迁居巩县（今属河南）。唐代著名诗人。开元后期，举进士不第，漫游各地。天宝中，寓居长安近十年。安史之乱爆发，流离困顿于战乱中。肃宗朝，官左拾遗，因直言切谏，出为华州司功参军。不久弃官居秦州同谷。又移家成都。严武再任西川节度使时，表为节度参谋、检校工部员外郎。后携家出蜀，晚年病死江湘途中。后世称为杜工部。有《杜工部集》。

人日言怀

唐·杜 甫

此日此时人共得，　一谈一笑俗相看。
杯中柏叶休随酒[1]，胜里金花巧耐寒[2]。
佩剑冲星聊暂拔，　匣琴流水自须弹。
早春重引江湖兴，　直道无忧行路难。

【注释】

[1]"杯中"句：参见姜夔《鹧鸪天·丁巳元日》注[2]。
[2]胜：古代妇女头上的饰物。

【赏析】

杜甫被称为"诗圣"，当然一是因为他的诗写得好，但更重要的是他有着"致君尧舜上，再使风俗淳"的圣贤情怀。所以，他的相当一部分诗歌，都可以从这个角度解读。诗的前四句叙事，写的是人日之"俗"：要用柏叶酒敬献神灵祖宗，自己也喝；妇女们要打扮得花枝招展，连诗圣都忍不住要盯住她们头上的首饰多看两眼。但是诗的后四句，一变而为抒情。佩剑冲星用了东晋张华的典故。据说西晋初，常有紫气冲到天上斗牛之间。张华与雷焕共卜，知紫气为宝剑之精，位于豫章丰城。后来雷焕任丰城令，于地下掘到古代名剑干将、莫邪。诗人是说，自己有拔剑冲天的气概，当然是想为国尽忠了。"匣琴流水"句用的是著名的伯牙子期高山流水的典故，但在这里，只是说自己在家闲拨琴弦，自得其乐。两句合起来，就是《孟子·尽心上》"达则兼善天下，穷则独善其身"的意思。这也是孔子以来中国文人的传统思维。诗的最后两句，再次抒发了自己的豪情壮志。这首诗大约写于作者的青年时期，所以在这一年之计在于春的时节，他再次兴起用世之心，并且乐观地以为，人生路上没有什么可以挡住自己前进的步伐。晚年当他穷愁潦倒，客死楚地渔舟上的时候，能否想到年轻时自己的人生期许？杜甫律诗向以对仗工稳，格律精严，用事巧妙，辞语精警著称，在这首诗的二三两联中，这些特点体现得相当充分。

【作者简介】

卢照邻（约635—约689），初唐诗人。字昇之，号幽忧子，幽州范阳（郡治今河北涿县涿州镇）人。曾任新都尉。后为风痹症所困，投颍水而死。为"初唐四杰"之一。诗多愁苦之音。原有集，已散佚，后人辑有《幽忧子集》。

十五夜观灯
唐·卢照邻

锦里开芳宴[1]，兰缸艳早年[2]。
缛彩遥分地，繁光远缀天。
接汉疑星落[3]，依楼似月悬。
别有千金笑，来映九枝前。

【注释】

[1] 锦里：这里指富贵人家所居之处。

[2] 兰釭：燃兰膏的灯，气味馥郁。也指精美的灯具。　早年：一年的初始。

[3] 汉：天河、银河。

【赏析】

　　从这首诗里可以看出，正月十五满城挂灯，游人观赏的风俗，最晚在唐朝初年就已定型。据《旧唐书》载，每年第一个月圆之夜，也就是正月十五，皇帝要在勤政楼观灯作乐。看来这种风气传到了民间。诗的首联，写的就是这类景象。这是"观灯"的铺垫部分。要不，诗一开始就写观灯，有些突兀。接下来的两联，铺写灯火的各种身姿。放在地上的，五彩绚烂，沿街摆放，远远看去，将大地区隔开来；高悬空中的，繁光闪烁，遥与天接。顺着灯光的指引，将视线投入广袤宇宙空间，灯光与银河相连，如同是天上落下的星星。说到"落"，目光又下移到眼前，月亮也被人们采了下来，挂在了高高的楼前。四句写尽了灯火楼台的热闹与风光。但是不是还有些美中不足？诗的尾联写到了欢歌笑语的美人，与枝头悬挂的明灯交相辉映，堪称是锦上添花。诗的结构也非常精妙：首联尾联叙事，写人事活动，作为灯的陪衬，中间两联写景，写灯火的灿烂辉煌。两相映衬，各得其彰。

【作者简介】

　　郭利贞，唐诗人，生卒年不详，中宗神龙年间为吏部员外郎。与蒋钦绪友善。与苏味道、崔液所作上元灯会诗，并为绝唱。《全唐诗》录其诗一首。

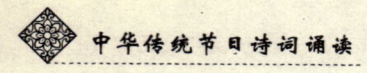

上 元

唐·郭利贞

九陌连灯影[1]，千门度月华[2]。
倾城出宝骑，匝路转香车[3]。
烂熳唯愁晓，周游不问家。
更逢清管发，处处落梅花。

【注释】

[1] 九陌：汉代长安城中的九条大道。此处指京城的街道。
[2] 千门：犹千家万户。
[3] 匝：布满、遍及。

【赏析】

　　正月十五之夜，全长安城中，大街小巷，灯连着灯，一望无际，家家户户张灯结彩，车水马龙，游人如织，彻夜欢腾。每个人都生怕天亮，真心希望这一年中的良辰美景能够长盛不衰。连那种平日听来哀怨的《梅花落》笛曲，在这种气氛中，也变成了欢调。灯的海洋，音乐的海洋，人们的生活是那样天真烂漫。这正是贞观之治到开元盛世之间的大唐气象。对于终日忙碌的现代人，这已成为遥不可及的梦想。

【作者简介】

　　陆龟蒙（？—约881），字鲁望，姑苏（今苏州）人。晚唐文学家。曾任苏湖二郡从事，后隐居甫里，自号江湖散人，甫里先生。他的小品文现实针对牲强，议论精切，富有讽刺意味，风格泼辣。与皮日休齐名,人称"皮陆"。有《甫里集》。

上元日惜春寄袭美[1]
唐·陆龟蒙

六分春色一分休, 满眼束波尽是愁[2]。
花匠碍寒应束手, 酒龙多病尚垂头[3]。
无穷懒惰齐中散[4],有底机谋敌右侯[5]。
见织短蓬裁小楫[6],挐烟闲美个渔舟。

【注释】

[1] 上元:指农历正月十五日。 袭美:作者友人皮日休(834至839—902以后),唐代文学家,字袭美,一字逸少。居鹿门山,自号鹿门子,又号间气布衣、醉吟先生。襄阳竟陵人(今属湖北天门市)人。唐懿宗咸通八年(867)登进士第。皮陆二人的集子中,都有多首互相寄赠酬唱之作。

[2] 束:指河流如带。

[3] 酒龙:比喻海量豪饮之人。

[4] 中散:指嵇康(223—262或者224—263)。字叔夜,本姓奚,祖籍会稽(今浙江绍兴),其先人因避仇迁家谯国铚县(今安徽淮北临涣镇),改姓嵇。为曹操的曾孙女婿、在曹氏政权中曾任中散大夫。晋代魏后,誓不出仕,过着不受约束,一任天然的悠闲生活。

[5] 右侯:指张宾(?—322)。字孟孙,赵郡中丘(今河北内丘)人。十六国时期后赵大臣、著名谋士。石勒升其为右长史,加中垒将军,尊称为"右侯"。以足智多谋著称。为石勒称雄北方的首要功臣。

[6] 见:通"现"。 楫:船桨。

【赏析】

皮日休咸通十年（869）为苏州刺史从事，与陆龟蒙相识，并与之唱和。这首诗写于咸通十二年正月。正月十五刚开春，可是诗人已经有了暮春心态，在"惜春"了。首联毫无人们在开春时的喜悦。以每季三月，春季从正月初一计算，现在六分之一已经过去，因春逝产生了愁绪。这照应了诗题中的"惜"字。次联是具体申说愁绪之因。然天寒地冻，花匠畏寒不出，暗中是指花仍未开；而自己这种酒量如海的人，也因多病毫无往日的豪气了。三联是分说自己与对方。诗人无所事事，空耗岁月。用嵇康作比很恰当。不仅说明自己的生活状态与嵇康相似，而且生活方式也差不太多。嵇康生活困顿，曾与向秀在树下打铁，但是明言这不是为生活所迫。而诗人则在家撰作《耒耜经》，这是中国唐代末期记述江南地区农具的专著。陆龟蒙曾经亲自经营农业，因此对当地农具种类、结构和耕作技术有较多了解。他与嵇康都是干那些传统文人所不齿的，但却是最基本的养家活口的事情。说这种工作是"无穷懒惰"，纯属自嘲。而他认为皮日休是才敌张宾的国家栋梁之材，也并非谀词。近年来有学者认为皮日休是"一位忧国忧民的知识分子""是一位善于思考的思想家"，而鲁迅评价皮日休"是一塌糊涂的泥塘里的光辉的锋芒"，更是为人们所熟知。尾联回到自己身上，又该具体申说如何"无穷懒散"了。无非是泛舟江上，打渔为生。这首诗的突出特点有两个，一是结构上的层层照应，使诗歌依次展开而不失针线绵密；二是诙谐的风趣。这不仅表现在他的自嘲，而且还有语言的生活化。这在最后一联更为明显。

【作者简介】

李清照（1084—1155），号易安居士，山东济南人。幼承家学，早有才名。兼工诗文词，然以词著名。通晓音律，著有词论。婚后与丈夫赵明诚共同致力于书画金石的整理，编写了《金石录》。北宋沦亡前生活优裕，故词作多写少女生活和少妇相思之情。金兵入侵，宋室南迁，她与丈夫南流。后丈夫病死。晚年境遇孤苦。此期遭国变家愁，故词作多感慨身世飘零。其词成就极高，为婉约派的代表作家。有《漱玉词》等。

永遇乐[1]
宋·李清照

　　落日熔金，暮云合璧，人在何处？染柳烟浓，吹梅笛怨，春意知几许？元宵佳节，融和天气，次第岂无风雨[2]？来相召、香车宝马，谢他酒朋诗侣。

　　中州盛日，闺门多暇，记得偏重三五[3]。铺翠冠儿[4]，拈金雪柳[5]，簇带争济楚[6]。如今憔悴，风鬟霜鬓，怕见夜间出去。不如向，帘儿底下，听人笑语。

【注释】
　　[1] 永遇乐：词牌名，又名《消息》。双调一百零四字。本仄韵，南宋人始有用平韵者。
　　[2] 次第：转眼。
　　[3] 三五：十五，指正月十五元宵节。
　　[4] 铺翠冠儿：镶着翡翠的帽子。
　　[5] 拈金：以撚金为饰。
　　[6] 簇带：插戴很多饰物。

【赏析】
　　这是李清照词的代表作之一，也代表了婉约词派的最高成就，写于作者晚年流寓临安（今浙江杭州）时的某年元宵节。宋人张端义说她"南渡以来，常怀念京洛旧事。晚年赋《元宵·永遇乐》词"。也就是说,这首词写了作者晚年的孤寂伤怀和对如烟往事的怀念。上阕写元宵之夜的所见、所感和所为。从自然景色,社会人情,到个人的活动和心理,层层展开,形成基本的结构。每三句构成一组。前边三组都是前两句用对偶句,且文采斐然,典雅工致,而第三句则用散句问话语气。每组的第一句都竭力渲染欢快的氛围,而第二句一转,第三句则是忧苦深重,构成了一乐、一转、一哀,并多次重复的节奏。第一组,用"熔金"和"合璧"写将要落山的太阳像熔化了的金属一样鲜艳夺目;两大片向晚的云彩,终于合成一体,是那样的洁白纯净;这些都烘托出将要来到的良宵盛会是多么的美妙。可是璧谓"合",恰应了用来比喻好事成双的成语"珠联璧合",马上让作者想到自己的孤寂,那一半在哪里?明看这里的"人"指丈夫,但细细读来,又何尝不是词人本人不知身在何处之慨!所以景色的壮丽与人物的痛苦,形成鲜明对照。第二组首句写黄昏中早春湖边婆娑的柳色。西湖边柳色之美,古来闻名。但作者正在欣赏,不知哪里传来笛曲《梅花落》忧伤的旋律,好心情被扫得无影无踪,问自己道:"世上到底有没有春天!"第三组仍是从喜气写起,今年春天早到,天气美好,但是马上一盆冷水浇下,天知道会不会一会儿刮风下雨。第四组虽然全用散体句,但基本结构没变,还是写到美好事物,然后对其否定。友人用宝马香车接她出去观灯游玩,但她却一口回绝,坚决不去。这四组句子读来给人的感觉是,她在强迫自己高兴起来,但旋即转为忧伤痛苦,真是忧乐不定,喜怒无常,没有理性,对一切美好事物近乎抬杠式地进行无理诘难,与包括自己在内的所有人都过不去。这是故意找霉头吗?实际上,这是历尽磨难,饱经沧桑的词人,对一切美好事物都失去了信任的特殊心态所致。这种无理的后面,潜藏的是什么?

  下阕转为作者用抚今追昔,昔盛今衰作为构思的线索。同样是三句一组,分写往昔与今日。前两组是忆旧。用"记得"领起和贯注。中州指中原一带,北宋的东京开封、西京洛阳、南京商丘都在中州。前三句是记事,后三句是对"偏重三五"的具体铺写。作者那时每逢此节,精心梳妆,是那样的漂亮。接下来的两组句子,则是写今天的衰状。作者在打诨语，可能是对她那些酒朋诗侣说的辞谢理由。为什么不出去？她的解释是，憔悴了，怕让人家看了笑话。所以，你们去吧，我躲在自家的帘子下，听听外边人的欢声笑语就行了。这理由成立吗？旧时的老太太不怕抛头露面，哪里热闹往哪里凑。因此，作者的调侃是不成立的。强作欢颜之下，又到底隐藏着多么巨大的痛苦！

李清照主张"词别是一家"，认为词不像诗歌那样，可以记述广阔的社会生活，而是抒发一己之情的，因此有意识地让词作同社会生活存在疏隔。但从这首词中，我们确实可以读出她个人的忧伤背后的北宋灭亡带来的巨大民族灾难，个人之情终究与国家之难汇在了一处。

【作者简介】

辛弃疾（1140—1207），南宋著名爱国词人。字幼安，号稼轩，历城（今山东历城县）人。少年时曾聚众两千参加耿京的抗金起义军。历任湖北、江西、湖南等地安抚使，一生主张抗金，提出不少恢复失地的建议，为朝中主和派所忌，从三十四岁起，落职闲居上饶达二十年之久。晚年又被起用，但未能展其才华。所作词题材广阔，气势纵横，不为格律所缚；用典精切，长于白描，词风以豪迈为主而风格多样。与苏轼并称为"苏辛"。词集有《稼轩长短句》。

青玉案·元夕[1]

南宋·辛弃疾

东风夜放花千树，更吹落、星如雨。宝马雕车香满路。凤箫声动，玉壶光转[2]，一夜鱼龙舞[3]。

蛾儿雪柳黄金缕[4]，笑语盈盈暗香去。众里寻他千百度。蓦然回首，那人却在，灯火阑珊处。

【注释】

　　[1] 青玉案：词牌名。名本汉·张衡《四愁诗》"何以报之青玉案"。此调一般以宋贺铸所作"凌波不过横塘路"为正格，故又名《横塘路》。双调，六十七字，前后段各六句，五仄韵。　元夕：正月十五为上元，其夜则为元夕。

　　[2] 玉壶：当时的一种灯。由福州人制作献给朝廷。纯用白玉，晃耀夺目，如清冰玉壶，爽彻心目。

　　[3] 鱼龙：外形分别为鱼和龙的巨灯。

　　[4] 蛾儿：古代妇女于元宵节时插戴在头上剪彩而成的应时饰物。雪柳：古代妇女在立春日和元宵节时插戴的一种绢或纸制的头花。黄金缕：即金缕。头钗垂下的穗子，金属制成。

【赏析】

　　一般词作的结构是上片写景，下片抒情。而这首词则不同于此，上片纯然写元宵街景，下片则从写人到叙事。辛弃疾不愧是宋代豪放词派中与苏轼齐名的代表作家，因此，在写景时，从大处落笔，以豪气贯注，有一泻千里之势：首两句写街景。早春拂来的东风，不仅使百花一样的灯火怒放，更吹落了绚烂的流星雨一般的满街上下游动的的花灯。据史载，当时元宵之夜，舞灯者各用竹竿挑上球形之灯，远近高低舞动，如同飞星。在作者笔下，灯似乎离开了人，作为有生命的灵物，自由自在的飞舞。下来四句，则是写灯与人的关系。先宕开一笔，写富贵人家的女子，乘着漂亮的车子，一路香气袭人，久久不散。而作者似乎有意识地让自己的思绪移到继续观灯，接下来兼写灯会的声色。悠扬的箫声时时飘过，舞灯人纷纷上场，灯火琳琅满目，美不胜收。这里特别值得注意的是，作者用了多种动物性的词语。东汉张衡《西京赋》一节，写了西汉国都长安过年时的大型街头表演"总会仙倡"，这是在仙界中的人兽共舞的表演。作者先后用了马、凤、鱼、龙，也同样营造出了氤氲的仙界气氛。但是，香车中的某个女子的形象却挥之不去。下片换头的两句，承上"宝马雕车"句。从视觉、听觉和嗅觉三个方面回写乘车而过的女子的美貌。蛾儿、雪柳和黄金缕指代女子的姣好面容。

这些都是头饰，可能是因为车里的女子只露出了面部让作者看到。她的欢声笑语，如同天籁让作者如痴如醉，而一路播下的芬芳，似乎也还没有散去。最后四句叙事，写了作者不再观灯，而是到处找寻那个女子的踪迹，终于再次发现她的过程。百寻千觅，突然意外发现她在灯火已经零落之处。虽然没说到自己的心情，但怎一个喜字了得！

辛弃疾的词作中，多有寄托，如著名的《摸鱼儿》"更能消几番风雨"，这首看来纯是写元宵街景的作品到底是否有更多的含义，不得而知。但是，最后几句，却仍给人们留下了广阔的解读空间。王国维先生就用晏殊的"昨夜西风凋碧树，独上高楼，望尽天涯路"，柳永的"衣带渐宽终不悔，为伊消得人憔悴"和辛弃疾的"众里寻他千百度，蓦然回首，那人却在灯火阑珊处"来比喻人生奋斗的三个阶段。可见作品中的这几句确实有着象征意义。这首词写作上的最大特点就是作者始终让笔下的景物与人处于动态。几乎每句中都有动词或相当的词：放、吹落、（下）雨、满、动、转、舞、盈盈、去、寻、回首、在。这样，就把元宵这个不眠之夜的倾城狂欢，以及具体的人物活动传神地表现出来。

【作者简介】

见前。

立春日酬钱员外曲江同行见赠[1]
唐·白居易

下直遇春日[2]，　垂鞭出禁闱[3]。
两人携手语，　十里看山归。
柳色早黄浅，　水文新绿微。
风光向晚好，　车马近南稀。
机尽笑相顾[4]，　不惊鸥鹭飞。

【注释】

[1] 钱员外：钱徽，字蔚章，浙江吴兴（今湖州市）人。贞元初年考中进士，元和初年入朝，元和三年（808）以祠部员外郎充翰林学士。官至吏部尚书。父钱起，为著名诗人，大历十才子之一。　曲江：即曲江池，因池水曲折得名。唐朝长安著名的游览胜地，在今陕西西安城东南。

[2] 直：通"值"，指当值。

[3] 禁闱：宫廷之门户。

[4] 机：本指弩机上发射的装置，此处指箭或丸之类的射禽用具。

【赏析】

　　这首诗写于元和四年（809）到六年（811）之间。当时作者在朝廷先后任左拾遗和京兆户曹参军。虽说官职不高，但是却充翰林学士，为皇帝的近侍之臣，可谓春风得意。所以诗中表现了他当时轻松愉快的心境。曲江池是唐长安城最著名的观光景点，因此虽说昨夜在宫中值了一夜班，但作者顾不上休息，拉上好友一起去看看早春曲江的胜景。果真不虚此行。二联叙一天之事。三联四联铺写一日所见。三联写早晨的自然风光，树色水波，一黄一绿，充满生机。黄昏时分，越往城南处，车马越少，景色到此时才见出最美的一面。尾联是对四联的解释，向晚的好风光，是因为那些猎禽的人已经归去，现在鸥鹭闲闲飞过，自由自在。自然和人生的真谛，此时才向人们显露出来。诗中充满闲适的情调。

二、寒食节、清明节（13首）

清明节

清明节是中国最重要的传统节日之一。它不仅是人们祭奠祖先、缅怀先人的节日，也是中华民族认祖归宗的纽带，更是一个远足踏青、亲近自然、催护新生的春季仪式。

清明节古时也叫三月节，已有2500多年历史。公历四月五日前后为清明节，是二十四节气之一。在二十四个节气中，既是节气又是节日的只有清明。《历书》："春分后十五日，斗指丁，为清明，时万物皆洁齐而清明，盖时当气清景明，万物皆显，因此得名。"传说中，清明是华夏独有的最富亲情的节日，因为活着的人们总也忘不了为那些逝去的亲友亡灵烧送一些零花钱。祭祖事鬼是重要的习俗。寒食祭灵，清明扫墓，在唐玄宗时定为国家节俗制度，"编入五礼"。白居易有诗《寒食野望吟》："乌啼鹊噪昏乔木，清明寒食谁家哭？"至宋代，寒食清明，"太学"放假两天，"武学"放假一天，师生为先人扫墓，感念祖宗的恩德。

清明节于2006年被列入第一批国家级非物质文化遗产名录。

起源

清明节的起源，据传始于古代帝王将相"墓祭"之礼，后来民间亦相仿效，于此日祭祖扫墓，历代沿袭而成为中华民族一种固定的风俗。由于中国广大地区有在清明之日进行祭祖、扫墓、踏青的习俗，逐渐演变为华人以扫墓、祭拜等形式纪念祖先的一个中国传统节日，在仲春与暮春之交，一般为冬至之后106天，寒食节的后一天。寒食节是冬至后第105日，即中国清明节之前的一天，大约在4月4日。

一说寒食节是为了纪念介之推（亦作"介子推"）。相传春秋时期晋公子重耳周游列国，历尽艰辛。一次，他挨饿难熬，百般无奈时，介之推割下自己大腿上的肉给他吃。后来重耳当了国王（晋文公，春秋五霸之一），去找和母亲一起躲在深山中的介之推。遍寻不到，便下令放火烧山，想以此逼出介之推，但最后发现介之推与其母被烧死。重耳十分后悔，便规定每年此时不得生火，一切吃冷食，称为寒食节。

其实，寒食节的真正起源，是源于古代的钻木、求新火之制。古人因季节不同，用不同的树木钻火，有改季改火之俗。而每次改火之后，就要换取新火。新火未至，就禁止人们生火，这是当时的一件大事。

中国早先的春祭都在寒食节，直到后来改为清明节。虽然我们不知道寒食节在什么时候被清明节取代，但从唐代多首与寒食节有关的诗来看，至少在唐朝时，中原人仍然有纪念寒食节的习惯。

习俗

踏青

清明通常在农历三月前后，恰是大地春回的时节。经历了一个漫长寒冬之后，人们纷纷走出居室，来到户外探寻春天的气息——或在田野踏青，或在郊外放风，这些郊游活动便被称为"踏青"。踏青，又叫春游。古时叫探春、寻春等。

据《旧唐书》记载："大历二年二月壬午，幸昆明池踏青。"可见，踏青春游的习俗早已流行。杜甫有"江边踏青罢，回首见旌旗"的诗句。到了宋代，踏青之风盛行。宋著名画家张择端的风俗画《清明上河图》就极其生动地描绘出以汴京外汴河为中心的清明时节的热闹情景。

插柳

清明节，我国民间有插柳习俗，其来源普遍存在三种说法。

一种说法是为了纪念"教民稼穑"的农事祖师神农氏。有的地方，人们把柳枝插在屋檐下，以预报天气，古谚有"柳条青，雨蒙蒙；柳条干，晴了天"的说法。杨柳有强大的生命力，俗话说："有心栽花花不发，无心插柳柳成荫。"柳条插土就活，插到哪里，活到哪里，年年插柳，处处成荫。

清明插柳戴柳还有一种说法：中国人将清明、七月半、十月朔看作是三大鬼节。清明节正是百鬼出没频频、索讨多多的时节。受佛教的影响，观世音手持柳枝蘸水普度众生，许多人便认为柳条有驱鬼辟邪的作用，把柳枝称为"鬼怖木"。北魏贾思勰《齐民要术》中写道："取杨柳枝著户上，百鬼不入家。"清明既然是鬼节，值此柳条发芽时节，人们便纷纷插柳戴柳以辟邪了。

另外一种说法是，此俗是为了纪念介之推。介之推为明志守节而焚身于大柳树下，让晋文公痛心不已。第二年，晋文公亲率群臣爬上山来祭拜介之推时，发现当年被烧毁的那棵老柳树居然死而复生。晋文公当下便将老柳树赐名为"清明柳"，并且当场折下几枝柳条戴在头上，以示怀念之情。从此以后，群臣百姓纷纷效仿，遂相沿成风。清明插柳戴柳成为纪念介之推的一种象征。

嬉戏

清明时节，柳绿桃红，天气宜人，人们除了讲究禁火、扫墓、踏青外，还喜欢搞各种如荡秋千、放风筝、斗鸡、拔河、蹴鞠、打马球等体育活动。相传，由于清明节前后要寒食禁火，为了防止寒食冷餐伤身，大家都要参加一些体育活动，以锻炼身体。因此，清明节既有祭扫新坟生离死别的悲酸泪，又有踏青游玩的欢笑声，真是一个有特色的节日。

拔河——清明时节，我国民间有举行拔河比赛的习俗。拔河是我国一项古老的运动。它原是一种军队训练项目，约兴起于春秋战国时代。不过那时不叫"拔河"，而称为"牵钩""拔桓"。它不仅可以锻炼身体，而且是一项游戏。

古代拔河的方式，据唐朝人封演的《封氏闻见记》记载："古用篾缆，今民则以大麻桓，长四五十丈，两头分系小索数百条，分两朋，两向起挽。当大桓之中，立大旗为界，震鼓叫噪，使相牵引，以却者为胜，就者为输，名曰拔河。"

拔河在唐代最为盛行。赵之珩介绍说，唐玄宗李隆基不仅是个足球迷，同时又是一个拔河的爱好者。他在军队中积极推广拔河训练。由于唐玄宗的大力提倡，拔河越来越盛，规模越来越大，最后从宫内梨园搬到宫外广场进行。

《唐语林》曾生动地记载了当时规模最大的一次拔河："挽者至千余人，喧呼动地，蕃客庶士，观者莫不震骇。"千余人拔河，其场面宏伟，气势磅礴，连那些外国来宾都被这盛大活动所吸引而惊叹不已。

荡秋千——清明节前后，我国古代有"荡秋千"的习俗。"荡秋千"源于民间劳作，在唐宋时期盛行。

早在原始社会，我们的祖先为了取得食物，常要攀藤上树，在劳动中创造了荡秋千的活动。民间最早的秋千活动，人们称为"千秋"。据说是在春秋年间，为北方的山戎民族所创。开始只有一根绳子，以手抓绳而荡。后来，齐桓公北征山戎族，把"千秋"带入中原。直到汉武帝在后庭祈祷千秋之寿，令宫女们耍绳戏为乐，为避忌讳，将"千秋"二字倒转为"秋千"。以后，逐步发展为用两根绳索加上踏板的"秋千"。

到了唐宋时，秋千之戏盛行。据五代王仁裕的《开元天宝遗事》记载："天宝宫中至寒食节（清明前一天），竞竖秋千，令宫嫔辈笑以为宴乐，帝呼为半仙之戏，都中士民相与仿之。"生动地描述了唐宫清明前后荡秋千的景象。

由于清明期间随处可见荡秋千的活动，元、明、清三代把清明节定为"秋千节"，皇宫里也安设秋千供皇后、妃嫔、宫女玩耍。

至于民间，不少家庭也有荡秋千的设备。唐代诗人杜甫在《长安清明》一诗中写道："紫陌乱嘶红叱拨，绿杨交映画秋千。"《清明》诗中也有"十年蹴鞠将雏远，万里秋千习俗同"的描写。这些诗句都说明了当时荡秋千的普遍。

除此之外，清明节还有的体育活动有：蹴鞠——鞠是一种皮球，球皮用皮革做成，球内用毛塞紧。蹴鞠，就是用足去踢球。这是古代清明节时人们喜爱的一种游戏。相传是黄帝发明的，最初目的是用来训练武士。

射柳——射柳是一种练习射箭技巧的游戏。据明朝人的记载，就是将鸽子放在葫芦里，然后将葫芦高挂于柳树上，弯弓射中葫芦，鸽子飞出,以飞鸽飞的高度来判定胜负。

斗鸡——古代清明盛行斗鸡游戏,斗鸡由清明开始,斗到夏至为止。我国最早的斗鸡记录,见于《左传》。到了唐代,斗鸡成风,不仅是民间斗鸡,连皇上也参加斗鸡。如唐玄宗最喜斗鸡。

扫墓

时间

古清明:农历三月初三,在农历里是固定的日期,这天并非真正的清明节,是古代专门驱逐晦气的"上巳"节,有些人会在这时候扫墓,兼具有踏青、拔除不祥的意思。

清明:又称"活清明",一般为冬至之后一两天,阳历的四月五日前后,因为在农历里是变动的日期,故有此称。

传统扫墓程序

清扫是扫墓一开始的工作,由于经过了一整年,坟墓上会长出许多野草野花甚至小型的灌木必须除草,清扫,整理。

在祭品的摆放上,食物基于寒食节的传统,均为冷食,传统上会摆以下的东西:糕点,水果,水酒。

祭祀时,一般先给祖先神灵点燃香与蜡烛,其次给祖先烧送冥币,表述后人对祖先恩德的感念。这是扫墓最重大的用意:中国传统士族家庭观念重,为了维系家族长久的优良传统,来承先启后。认为祖先去世后仍然在天上监看子孙的表现行为,透过清明扫墓,后代子孙向祖先报告自己成就,确实不辱祖先教诲,祖先也才能保佑后代子孙。

中国公祭

清明期间,有不少公祭活动。其中黄帝陵祭典最为隆重。

黄帝尊称"轩辕",大约5000年前,黄帝通过联合其他部落统一了黄河流域,奠定了华夏文化的基本格局。位于黄土高原南部的黄帝陵,是传说中黄帝的衣冠冢。1961年被公布为国家重点文物保护单位,有"中华第一陵"之誉。对中华民族始祖轩辕黄帝的祭奠,溯古至今,绵绵不断。

春秋以前，对黄帝的祭祀大都采取郊祭的形式。《史记·封禅书》载：秦灵公"作吴阳上畤，祭黄帝"。这是我国最早记载祭祀黄帝的史料。

汉武帝即位之初，尤敬鬼神之祀。他勒兵带甲十万余北巡朔方，威震匈奴，安定北方，在班师回朝途中路经桥山，便命令士兵连夜修筑祭台，亲自上台祭祀黄帝。这是我们今天所能见到的最早关于在桥山祭祀黄帝的记载。

魏晋南北朝时期，对黄帝的祭祀或因战争而时断时续，或因黄帝陵异说而不在一地，但总地说来则是经久不衰，而且帝王祭祀外，名人祭祀及其赞颂之作也流传下来，如三国时曹植的《黄帝赞》。

唐代高祖、太宗之时，每岁"季夏土王日，祀黄帝于南郊，帝轩辕，配后土"。唐代舒元舆诗作《桥山怀古》、元明传奇人物张三丰诗作《桥山祈仙台》，深受后世喜爱，至今仍为人所吟咏唱和。

明太祖朱元璋登基以后，于洪武四年，派中书省管勾甘某，赴黄帝陵致祭，这次祭祀留下的祭文，成为后世所见时代最早之作。此后，明朝诸帝祭祀黄帝不断，流传至今的祭文有十多篇。

清代由顺治、康熙到道光皇帝，力倡满汉一家，或为皇帝即位、祝寿；或因歉收而祈福；或因皇太子废立；或因黄淮工程告成；或因军事告捷等均遣官祭祀黄帝陵。传世的祭文有三十多篇。

1912年，孙中山在南京建立了中华民国政府，就任临时大总统，同年3月派人祭祀黄帝陵，并写下了"中华开国五千年，神州轩辕自古传。创造指南车，平定蚩尤乱。世界文明，唯有我先"的诗篇。

中华人民共和国建国后，祭祀不断，基本上都是由陕西省主祭。为了满足更多华夏子孙祭祀黄帝陵的要求，陕西省政府于1992年启动黄帝陵整修工程。

【作者简介】

王维（701—761），盛唐山水田园派诗人，画家。字摩诘，蒲州

（今山西永济）人。开元进士，官至给事中。安禄山叛军陷长安时曾受伪职，乱平后被降职。后累官至尚书右丞，世称王右丞。晚年居蓝田辋川，过着亦官亦隐的生活。诗与孟浩然齐名，并称王孟。除前期写过一些边塞诗外，作品主要描写山水田园风光，表现隐逸之趣及禅理；体物精细，状写传神；诗中有画，画中有诗，体现出独特的艺术成就。今有《王右丞集》。

寒食城东即事[1]

唐·王 维

清溪一道穿桃李， 演漾绿蒲涵白芷。
溪上人家凡几家， 落花半落东流水。
蹴鞠屡过飞鸟上[2]，秋千竞出垂杨里。
少年分日作遨游， 不用清明兼上巳[3]。

【注释】

[1] 寒食：节日名。在清明前一两日。相传春秋时晋文公负其功臣介之推，介愤而隐居绵山。文公悔，烧山逼其出仕。之推不从，抱树而死。后百姓相约于其忌日禁火冷食，以为纪念。遂相沿成俗。

[2] 蹴鞠：中国古代的一种足球运动。

[3] 清明：节气名。在公历四月四、五或六日。我国有此日踏青、扫墓习俗。 上巳：节日名。汉代以前农历三月上旬巳日为"上巳"，魏晋以后定为三月三日。唐时此日朝廷赐宴曲江，长安倾城出动前往，行祓除不祥的禊祭。

【赏析】

从诗尾联的"少年"来看，应写于作者年轻时。前四句是一层，每句一景，很像是国画中的四条屏。因为作者用"清溪"作为贯穿，所有的景物都因此而设定,所以笔墨很是集中。看来诗人到底是画家,深谙构图的奥妙。这堪称是《溪流图》。一般来说,诗里应避免重字,但是"家"和"落"的连用,平添了诗的活泼。后四句又可分成两层。前两句看来是写两个不同的场景,但都是写游戏,两个画面就有了自然而然的联系。这是《玩乐图》。最后两句是抒情议论。清明节和上巳节,与寒食节相近,且都与踏青有关,因此诗人说,甭管清明还是上巳,年轻人只是逐日尽情玩耍,好不快活!这首诗和诗人晚年那些渗透了佛家空寂意味的诗相比,属于另一类,与他的《少年行》一样,充满了青春的昂扬奋发意气。

【作者简介】

孟云卿,唐代诗人。约生于725年,卒年不详。郡望平昌(今山东商河),河南洛阳人。永泰初进士及第,授校书郎。与元结、杜甫、薛据、韦应物等人友善。一生仕途失意。作诗反对声病与藻绘,关心民瘼,词气怨伤,语言朴素,尤工于五言古诗。《全唐诗》存其诗十七首。

寒 食
唐·孟云卿

二月江南花满枝,他乡寒食远堪悲。
贫居往往无烟火,不独明朝为子推[1]。

【注释】

[1] 子推:介子推,亦名介之推。

【赏析】

孟云卿生活在唐帝国由盛转衰的剧变时期,安史之乱中,他家境困顿，飘泊四方。这首诗应是他流落江南时所作。他生不逢时，尽管诗才为杜甫、元结所重，但是生活的重担，始终压得他喘不过气来。本是春花满枝的清明时分，但是他却愁眉不展。为什么？真还不是远离故乡的游子之恨，因为这种感情对他来说太过奢侈，而是此刻锅已掀不开盖。因此寒食节的不动烟火，对他来说是种无可奈何的必然选择，是否真为明天祭祷介子推，也说不上了。后两句颇有些冷幽默，但让读者笑不出来。

【作者简介】

方干，唐代诗人，生卒年不详（约809—888）。字雄飞，私谥玄英先生。新定（今浙江建德）人。举进士不第，隐居会稽镜湖。贤通至中和年间，以诗著名于江南。诗多应酬之作，少数写羁旅之思。作诗尚苦吟，风格近于贾岛、姚合。有《玄英先生集》。

寒食日东阳道中作[1]

唐·方 干

百花香气傍行人，花底垂鞭日易曛。
野火不知寒食节，穿林转壑自烧云。

【注释】

[1] 东阳：县名。今属浙江。

【赏析】

清明时节，百花盛开，是这个节令的标志。作者在花丛中信马由缰，不觉间太阳西斜。而这首诗妙在后两句的议论：不是寒食节禁火吗？可是野火怎么办，它才不理你禁与不禁，只自顾自地烧起来，并且烧得很自在，不管山沟相隔，逢林就燃，势焰熏天。人们拿它奈何？也许从中能读出来几分摆脱人间束缚，回归天然生活的意味。作者相貌丑陋，有次吟诗，偶得佳句，兴奋得摔伤嘴唇，人因称其为"缺唇先生"。他的朋友、著名诗人、时任钱塘太守的姚合很欣赏他的诗才，但初次见面时因其丑陋而心生厌恶。可能他因貌丑缘故，看多了人间的白眼，对自然怀抱远比对人类社会更加认同，所以令一般人避之唯恐不及的恐怖山火，在他笔下却被写得充满野趣和生机。前人认为，"其诗冰莹霞绚，清润小巧，五律整紧，七律圆婉，或以为入钱起之室"，从这首小诗也可略见一斑。

【作者简介】

温庭筠（约812—870），本名岐，字飞卿，太原（今属山西）人。屡试进士不第，曾为方城尉，官止国子助教。其诗词藻华丽，少及现实；词多写闺情，风格浓艳，现存六十余首，大都在《花间集》中。后人辑其作成《温飞卿诗集》《金奁集》。

寒食前有怀

唐·温庭筠

万物鲜华雨乍晴，　春寒寂历近清明。
残芳苒苒双飞蝶，　晓睡朦胧百啭莺。
旧侣不归来独酌，　故园虽在有谁耕。
悠然更起严滩恨[1]，一宿东风蕙草生[2]。

【注释】

[1] 严滩：指东汉时严光隐居的富春江边。严光，字子陵，余姚（今属浙江）人。曾与汉光武帝刘秀同游学。刘秀登基后，征召他入朝任谏议大夫，不受，退隐富春山中，人将其垂钓处称为"严陵濑"。

[2] 蕙草：香草名。

【赏析】

　　佳节思乡，人之常情；寒食清明，是一年中最美的时光。恰在这时，美景催发了诗人思乡之情，便将此时此刻的所见所感写了出来。诗中前四句叙晨起之事，写所见所闻之景物。在这北方仍然寒意料峭的早晨，他还在不觉晓的酣睡中，便被无处不在的啼鸟叫醒。站在窗前，这个时节纷纷的春雨，已在夜间悄然停止，而眼前一片灿烂的阳光，万物光明，充满生机。但是，真是一切美好？诗人看到了美中不足，一些花已落红凋零，而双飞的蝴蝶也让他徒生惆怅，明里写景，但感情活动暗在其中。后四句叙独饮之事而抒思乡隐居之情。老友没有回来，只好一人独斟自饮。这时，我们知道他为什么对双飞蝶有怨情了。因为它们使诗人意识到自己的孤独。一"双"一"独"，恰成对照。孤身在外的游子之恨顿然兴发，想起故乡。自家的土地还在吧，可惜无人耕种。最后两句是点染关系。像严子陵那样的丢弃功名，隐居故乡之思油然生起，但是作者只是用景语淡淡渲染，夜间萌生的香草，到底生在自己意念中的故乡，还是在自己眼前的窗下？不得而知。而其中是否要说明自己下一步有什么打算，还是不得而知。只能感觉到一缕淡淡的哀愁。前四句的景中寓情，后四句的情由景发，使得全诗情景交融，构成了写作的特点。

【作者简介】

　　韩偓（844—923），字致尧，京兆万年（今陕西西安）人。唐昭宗时进士，历任翰林学士、兵部侍郎等职。为朱全忠所排挤，贬官外任，后携家入闽，依王审知而终。有《翰林集》及《香奁集》。

寒食夜
唐·韩偓

恻恻轻寒翦翦风[1],小梅飘雪杏花红。
夜深斜搭秋千索, 楼阁朦胧烟雨中。

【注释】
　[1] 恻恻：寒冷貌。　翦翦：风轻微而带有寒意。

【赏析】
　　这首诗与寒食这个节日没有什么关系，但与这个节令有关。作者抓住这个时节特有的气象景色，用一种略带凄婉的笔墨加以描写，使这一夜成为一切读过这首诗的读者永恒的记忆。从诗中写到梅花这种南方的植物，可见应该写于他入闽之后。这时，大唐帝国日入西山，国势飘摇，感伤成为这一时期文学的基调。作者刻意突显了诗歌意象的寒凉、衰飒与飘忽不定。渲染寒风用"恻恻""翦翦"两个叠声词形容，令人有些不寒而栗。红的杏花与白的梅花色彩明丽，但是在夜色的掩映下，白的飘落，红的如血，给人以一种李贺式的阴冷凄艳之感。深夜雨中，诗人在做什么？他斜靠在园中秋千的吊绳上，随风轻轻地摇着，而山色楼阁，也都随之轻轻晃动，漫漶不清，一片迷蒙。诗人没有用任何抒情性的词语，但我们能说他的感情不在强烈的起落吗？时隔千年，我们甚至仍可以看得见他脸上雨水和着泪水的下淌。

【作者简介】
　　蔡襄（1012—1067），宋代文学家。字君谟，兴化军仙游（今属福建）人。天圣八年进士。曾知谏院，修起居注。后外任福建路转运使及开封、泉州、杭州等地知府。擅长诗文，其诗"清道粹美"（欧阳修《蔡公墓志铭》），多有伤时悯俗、反映民间疾苦之作。今存《蔡君谟集》。《宋史》有传。

寒食西湖

宋·蔡襄

山前雨气晓终收，水际风光醉欲流。
尽日旌旗停曲岸，满潭征鼓竞飞舟。
浮来烟岛疑相就，引去沙禽好自由。
归骑不令歌吹歇，万枝灯烛度花楼。

【赏析】

　　西湖美景，天下闻名。而春天的西湖，又是最美的时候。因此，在作者笔下，全诗变成了景物的铺排，给人以美不胜收，还未及一一写就，诗已结束之感，如同一场景色览会。全诗写了寒食一天之内，西湖上的各种美景。首联写晨景。诗人对景色做了拟人化的处理。本是写雨停之后，湖上雾气尚存，但是，用了"醉欲流"三字，将那种雾气流动不居，景物时隐时现，似乎景物本身陶然醉矣，摇曳婀娜的景象生动地呈现出来。次联写白日。作者刻意突出了其场面的热烈：旌旗层出，遮云蔽日，龙舟竞渡，鼓声喧天，这是市民的盛会。而三联则写了黄昏之景，人们散去，西湖露出了本来面目。作者定睛看去，湖上笼罩在烟岚中的小岛，恍若仙境，而将要归巢的水鸟，自由自在翱翔在夕阳下。尾联两句写夜景，虽然人们骑马归去，但湖面上的弦管歌唱之声，仍在飘荡。也许在这个时候，乐师们才不是为卖艺，而是真正为自己而唱。这才是最美的音乐。湖上的光暗下去了，在这时，诗人才想起了岸边，回头看去，身后的万家灯火已经绽放。真正的寒食也许才开始？似乎还有更多的景物还在后边，可是诗中的八个句子已经用完，他留下了一些遗憾，而也给读者留下了继续想象的空间。

【作者简介】

司马光（1019—1086），宋代著名政治家、史学家。字君实，号迂夫，陕州夏县（今属山西）涑水乡人，世称涑水先生。景佑五年进士。与王安石政见不合，哲宗时执掌国政，尽废新法。编修《资治通鉴》。现存文章以奏议、议论文为多；诗名不著，不发空言，表现出宋诗好议论的特点。一生著述甚丰，《全宋诗》录其诗十五卷，《全宋文》收其文五十九卷。《宋史》有传。

寒食许昌道中寄幕府诸君[1]

宋·司马光

原上烟芜淡复浓，寂寥佳节思无穷。
竹林近水半边绿，桃树连村一片红。
尽日解鞍山店雨，晚天回首酒旗风。
遥知幕府清明饮，应笑驱驰羁旅中。

【注释】

[1] 许昌：今属河南。　幕府：本指将帅在外的营帐，后亦泛指军政大吏的府署。

【赏析】

从诗题中的"幕府"看，这首诗或写于至和元年（1054）至嘉祐二年（1057）之间。这个时期，他追随恩人庞籍先后在郓州（今属山东）和并州（今山西大同）任典学、通判。或写于熙宁四年（1071）至元丰八年（1085）在洛阳先后任判西京留司御史台和提举西京崇福宫期间。但是从后两句调侃的语气看，似乎前者的可能性更大。诗以写景为主，叙事为辅，结以抒情。其中的"寂寥佳节思无穷"，是全诗的主句。在这花红竹绿的良辰美景中，诗人有无穷之思。这样，首句纯写景物的"淡复浓"也就不再纯指如烟的嫩绿,而双关所"思"了。接下来的四句都是写丽景,但是五六句中有叙事的成份,写了诗人旅次夜宿之事。最后两句照应所"思",写自己的羁旅行役之恨。意思是你们在衙门里开怀痛饮,很可能还在笑话我这个羁留在路上的可怜鬼。他之"思"明看是对友人的思念,但仔细读来,也可品出几分淡淡的乡愁。

【作者简介】

元好问(1190—1257),金代文学家。字裕之,号遗山,太原秀容(今山西忻县)人。兴定进士。曾任尚书省左司员外郎等职。金亡不仕。工于诗文,金元之际,颇负重望。诗词风格沉郁,并多伤时感事之作。论诗反对柔靡雕琢,崇尚天然真淳。作有《遗山集》四十卷,编有《中州集》十卷。《金史》有本传。

山中寒食

金·元好问

小雨班班浥曙烟,平林簇簇点晴川。
清明寒食连三月,颍水嵩山又一年[1]。
乐事渐随花共减,归心长与雁相先。
平生最有登临兴,百感中来只慨然。

【注释】

[1] 颍水:河名。出河南登封西境颍谷,东南流与沙河合流后,称为沙河。 嵩山:山名。在河南登封北,为五岳之中岳。

【赏析】

元好问在金哀宗兴定二年(1218)二十九岁时,移居登封。正大三年（1236）秋被任命为镇平（今属河南）县令，举家迁往附近的内乡（今河南西峡）。这首诗即写于这一期间。这一时期，他过着隐居生活，由此而生的悠然心境，在诗里有所显露。不过，尽管他说"归心长与雁争先""平生最有登临兴"，但是"乐事渐随花共减"，真是单纯的惜花之情？"颍水嵩山又一年"之句，也透露出他可能的苦闷缘由。他之移家登封，是因这里距都城汴京更近，便于应考。这一时期，科举是他的主要事业。但是，他在科举路上并不顺利，直到三十二岁高中进士，又因受人诬告，愤而不受选任。三十五岁时才中博学宏词高科，因而选官。因此，在登封年复一年的看似闲适惬意的隐居生活中，他的焦虑也隐隐透露出来。最后两句，含义丰富。诗人在登封这些年，虽然中原一带尚称和平，但是金朝与南方宋朝的战事时停时有，北方蒙古人将战火多次烧到附近，正对中原一带虎视眈眈，大金朝已进入多事之秋，国势危殆。因此，他乘兴登高临远时，陡然而生的百感交集，是否不再只是怀才不遇的感慨，而是别有忧虑在？

【作者简介】

　　王士祯（1634—1711），清初诗人。字贻上，号阮亭，别号渔洋山人，山东新城（今桓台）人。清顺治十五（1658）任扬州司理，累官至刑部尚书。是康熙诗坛领袖人物，倡导"神韵说"。诗歌多写日常琐事及个人情怀。有《渔洋集》《带经堂集》等作。《清史稿》有本传。

秦邮杂诗六首（其一）[1]

清·王士祯

夹岸人家短竹篱，鸭头新绿雨如丝。
几年寒食秦邮路，拂面杨花被酒时。

【注释】

[1] 秦邮：即今江苏高邮。秦筑台置邮亭，故名。

【赏析】

顺治十六年（1659），初入仕途的诗人任扬州府推官。此后六年他一直在扬州。其间他经常前去高邮游玩，留下了许多赞美此地风光的诗篇，这便是其中的一首。高邮在扬州北边不远，又有大运河相通，西边紧邻高邮湖，景色如画，因此作者对这个地方情有独钟。所以诗中说到，在这扬州的几年，清明寒食多在高邮。诗的前两句是写此地的仲春风光。作者显然在正在行驶的船上，所见的是动态的景物。运河两岸，人家掩映层出，都是篱笆低矮，看来百姓无虑盗贼，因此尽显祥和清明。作者之悠然，自可妙会。恰值清明时节，细雨纷纷，诗人却毫无欲断魂之感，而是凝视着不远处的水面上的鸭子。绿头鸭是一种野鸭，如果百姓饥寒交迫，野鸭厄运难逃。但此时却无忧无虑，似与人戏。一个"新"字，将作者对鸭的亲近喜爱之感，表露出来。年年来此，但今年似更惬意，因为这些美景，都是通过自己那双朦胧的醉眼看到的，加之此时还有漫天飞舞的扬花柳絮呢。王士祯是清初诗坛臣擘，其论诗主神韵，追求一种韵外之致，崇尚孟浩然王维诗风，但是骨力稍弱。这首诗的画面感和诗人超然的心境都把握得恰到好处。

【作者简介】

黄庭坚（1045—1105），北宋诗人、书法家。字鲁直，号山谷道人，分宁（今江西修水）人。治平进士，官著作郎。因修《神宗实录》不实遭贬谪。与苏轼齐名，世称苏黄。其诗多写个人日常生活，艺术上讲究修辞造句，宗法杜甫，主张"点石成金、夺胎换骨"之论，在宋代影响颇大，开创了江西诗派。有《山谷集》。

清　明

北宋·黄庭坚

佳节清明桃李笑，　野田荒垅自生愁。
雷惊天地龙蛇蛰，　雨足郊原草木柔。
人乞祭余骄妾妇[1]，士甘焚死不公侯[2]。
贤愚千载知谁是，　满眼蓬蒿共一丘。

【注释】

[1]"人乞"句：《孟子·离娄下》载，齐国有人常去坟地乞讨他人祭祀用的酒肉，回家向妻妾夸口说自己与富贵者共食，后被其妻侦知。

[2]"士甘"句：用介之推不愿出仕被焚而死事。

【赏析】

一年中很少有像清明节这样能够体现出中国古代辩证法精髓的节气。一方面乍暖与还寒并存，另一方面又统一于春意盎然。这首诗就是对清明蕴含的这一自然法则的领悟。前三联通过上下句描写的不同事物，写出自然和社会事物中普遍存在的对立现象。首联写了自然界与人类社会的对立。自然界迎来了自己一年中最美好的季节，因此桃李依旧笑东风；但是人们却要为自己逝去的亲人一洒痛心之泪。颔联写自然界内部的对立，一方面它展现了自己雷霆万钧之威，令人惊心动魄；另一方面又施出对万物的柔情蜜意，在春雨的滋润下，万千枝条伸展开臂膀，迎接春姑娘的光临。颈联用了两个在清明时节发生的历史事件，这是人类社会内部的对立。一个是厚颜无耻的小人，一个是高风亮节的贤士。作者用此表现了人类社会普遍存在的道德上的崇高与卑微的对立。尾联则上承颈联所写，对以人生为中心的自然和社会事物之间的关系做了思索：历史沉淀下来后，真正的贤愚善恶到底有什么不同，不都是在一抔黄土掩埋下的幽魂吗?这种是非的相对性,自庄子以来,一直使中国的文人困惑。

【作者简介】

陆游(1125—1210),字务观,号放翁,越州山阴(今浙江绍兴)人。南宋伟大的爱国诗人。少有才名,一生因"力主抗金""喜论恢复"而被罢考、罢职数次。六十六岁后遭劾罢官,退居山阴二十年。生平作诗近万首,题材广泛,内容丰富,诗风雄浑、悲壮。著有《剑南诗稿》《渭南文集》等,后人辑有《放翁词》。

临安春雨初霁[1]

南宋·陆 游

世味年来薄似纱,谁令骑马客京华。
小楼一夜听春雨,深巷明朝卖杏花。
矮纸斜行闲作草,晴窗细乳细分茶。
素衣莫起风尘叹,犹及清明可到家。

【注释】

[1] 临安:府名。即今浙江杭州。 霁(jì):雨止天晴。

【赏析】

严格的说,这不是一首咏清明的诗,但却与清明有关。写于宋孝宗淳熙十三年(1186),作者为自己六十二岁仍在奔波而慨叹。当时他客居京城。据史载,作者在这时被任命为朝请大夫,权知严州军州事,正住在西湖边,等待向皇帝辞行。闲极之时,他仍然发现了生活的乐趣。二联是流传千古的名句。妙在一是写出了江南清明城市中特有的小景,逼真而生动。一夜春雨淅漓，早上雨停微曛，卖花姑娘如歌一般的吆喝声，清脆而婉转，真是充满了生活的情趣。二是这是个流水对，即上下句意思相连，但要符合对偶的修辞格。这种对偶句难度极大，在古代诗人中，只有杜甫和陆游写得最好。比如杜甫的"却看妻子愁何在，漫卷诗书喜欲狂"，作者的"山重水复疑无路，柳暗花明又一村"。如果不是深谙中国古典诗歌的人，恐怕不会觉查到这是一个精严的对偶句。真是如同弹丸出手，干净利落，口语化的句子符合森严的格律，却让人难以察觉。三联写了诗人此刻在等待中的生活细节。写字喝茶，无所事事，闲极无聊。这与上联不同，对仗显得千锤百炼，精雕细刻，却陷于过分雕琢且乏生活意义。从《红楼梦》中林黛玉对陆游诗歌的批评中，我们可以得知，这既是陆诗的特点，有时也是短处。但在这首诗中，却是作者百无聊赖心情的写照，因此还不能说完全没有意义。每逢佳节倍思亲。作者身上的白衣服已经变脏，看来离家多日了。思乡之情怎不让他徒生兴叹。好在他终于如愿在这年的三月回到山阴家中，七月到达严州。不过这是后话了。

【作者简介】

耶律楚材（1190—1244），字晋卿，号湛然居士。元初契丹族诗人。金时曾任左司员外郎等职，入元后扈从成吉思汗西征，仕至中书令。《元史》有传。今存诗歌七百余首，多为律诗，风骨遒健；内容多表现西域壮丽风光，亦多粗率应酬之作。著有《湛然居士文集》。

庚辰西域清明[1]

元·耶律楚材

清明时节过边城，　　远客临风几许情。
野鸟间关难解语[2]，山花烂漫不知名。

蒲萄酒熟愁肠乱，　　玛瑙杯寒醉眼明。
遥想故园今好在，　　梨花深院鹧鸪声[3]。

【注释】

[1] 庚辰：这里指元太祖十五年（1220）。
[2] 间关：形容鸟鸣的婉转。
[3] 鹧鸪：飞禽名。形似雌雉。胸前有珍珠状白点，背毛有紫赤浪纹。

【赏析】

　　写作这首诗时，诗人正随从成吉思汗大帝，在也儿的石河流域征战。这条河今名鄂尔齐斯河，从我国新疆北部经哈萨克斯坦和俄罗斯，流入北冰洋。这一带是中亚腹地的北部，即今西伯利亚一带，自然条件很是恶劣。作者出身于契丹贵族家庭，自幼一直生活在文明昌盛的燕京（今北京），远征到这蛮荒之地，自不免思绪万千。全诗围绕着因清明之景而生的思乡之情展开，以景托情，景辅情主。"清明"和"几许情"是全诗铺叙的中心。二联是夹描夹议。此处虽然地处甚北，春天到了，仍然鸟语花香。"难解语"和"不知名"明看是写无名野鸟野花，暗中写出了作者由于对此地陌生感而生出的排拒心理，对上联的"情"是第一重铺叙。西域的名产是"葡萄美酒夜光杯"，但是这两种物品，给作者带来的却是"愁"和"寒"，借酒浇愁，一醉方休，偏是欲醉不醉，真是愁上加愁，寒彻心肺。玛瑙杯本无所谓寒热，称其"寒"是作者的心理作用，正所谓"移情"使然。这是对"几许情"第二重铺垫。尾联可谓卒章显志，终于将这种情到底是什么兜了出来，这是思乡之情。最后一句用了两个典故，一是晏殊《寓意》中的名句"梨花院落深深院"，表现了作者对家的诗意回忆，二是鹧鸪叫声似"行不得也哥哥"，故古人常用其表达思乡之情。唐代诗人郑谷因"坐中亦有江南客，莫向春风唱鹧鸪"，取的就是这个意思。居家之乐与报君之志难以兼得，两者之间做出决断，不是件易事。

【作者简介】

朱鹤龄（1606—1683），清初诗人。字长孺，号愚庵，江南吴江人。明诸生，入清不仕。长于笺疏之学，曾笺注杜甫、李义山集行世。明亡后弃举子业，屏居著述。诗近白香山，文醇而不肆。有《愚庵小集》十五卷。《清史稿》有本传。

清明日小集远就阁用介白韵[1]

清·朱鹤龄

万顷飞澜涌啸台，诸峰历历泛青来。
长空气净烟初散，旷野云低鹤未回。
人坐落花春树老，樽衔返景夕钟催。
短筇不厌频留驻，寄语湖光取次开。

【注释】

[1]介白：据史载，清代初年吴江县诸生徐白，字介白，隐居灵岩山之上沙，种蔬艺果自给，诗画风格萧疏。故旧来访，扫叶煮泉相待，三十年不出。

【赏析】

这应是一首唱和诗。友人徐白写诗，作者用他的韵再写一首，即所谓的"步韵和诗"。诗题及诗中所说的远就阁和啸台，不详何处，但是总应在徐白隐居的灵岩山一带。诗中所写是一天之内的景色变化。坐在湖边的台上，远近山峦，历历在目。称山为"来"，不只写出了晨曦中群山渐次的清晰过程，而且还用拟人化的手法，写出了山对人的亲近。颔联用语精美，上句写湖上，为日出后所见，下句为陆景，将中午之时的景物写得真切且风神宏阔，富于变化。颈联在写景中加进了叙事因素，花落树老，日斜钟催，诗人落寞中似有不甘。但除了静坐闲饮，又能做什么？因此尾联还是互勉，这样的生活最好，在湖光山色中终老吧。两位前朝的遗民对坐，在改朝换代已成为不可更改的铁的事实时，不甘且无奈的心境，在这首诗里也能读出一二。

三、端午节（9首）

端午节

农历五月初五，是中国民间的传统节日——端午节，端午节的名称在我国所有传统节日中叫法最多，大约二十多个，堪称节日别名之最。如端午节、端五节、端阳节、重五节、重午节、天中节、夏节、五月节、菖节、蒲节、龙舟节、浴兰节、粽子节等等。

端阳节，据《荆楚岁时记》载，因仲夏登高，顺阳在上，五月正是仲夏，它的第一个午日正是登高顺阳天气好的日子，故称五月初五为"端阳节"。

重午节，午，属十二支，农历五月为午月，五、午同音，五、五相重，故端午节又名"重午节"或"重五节"，有些地方也叫"五月节"。

天中节，古人认为，五月五日时，阳重入中天，故称这一天为"天中节"。

浴兰节，端午时值仲夏，是皮肤病多发季节，古人以兰草汤沐浴去污为俗。汉代《大戴礼》云："午日以兰汤沐浴。"

解粽节，古人端午吃粽时，有比较各人解下粽叶的长度、长者为胜的游戏，故又有"解粽节"之称。

女儿节，明沈榜《宛署杂记》："五月女儿节，系端午索，戴艾叶，五毒灵符。宛俗自五月初一至初五日，饰小闺女，尽态极妍。出嫁女亦各归宁。因呼为女儿节。"

菖蒲节，古人认为"重午"是犯禁忌的日子，此时五毒尽出，因此端午风俗多为驱邪避毒，如在门上悬挂菖蒲、艾叶等，故端午节也称"菖蒲节"。

三、端午节

端午节是全年四大节之一。五月是毒月，五日是毒日，五日的中午又是毒时，居三毒之端。端午节又叫"五月端"。五月是整个热天的开端，五毒蛇开始活跃，鬼魅魍魉也会猖獗，这些都会给人特别是会给无所顾忌又无抵抗能力的孩子带来灾难，必须在五月端这天集中地为孩子消灾防毒，因此，人们又把五月端午节说成是"小孩节"或"娃娃节"。

由于我国地域广大，民族众多，一些少数民族也过此节，加上许多故事传说，于是不仅产生了众多相异的节名，而且各地也有着不尽相同的习俗。其内容主要有：女儿回娘家，挂钟馗像，迎鬼船，躲午，帖午叶符，悬挂菖蒲、艾草，游百病，佩香囊，备牲醴，赛龙舟，比武，击球，荡秋千，给小孩涂雄黄，饮用雄黄酒、菖蒲酒，吃五毒饼、咸蛋、粽子和时令鲜果等。

起源

关于端午节的由来，说法甚多，诸如：纪念屈原说；纪念伍子胥说；纪念曹娥说；起于三代夏至节说；恶月恶日驱避说；吴越民族图腾祭说等等。以上各说，各本其源。据学者闻一多先生的《端午考》和《端午的历史教育》列举的百余条古籍记载及专家考古考证，端午的起源，是中国古代南方吴越民族举行图腾祭的节日，比屈原更早。但千百年来，屈原的爱国精神和感人诗辞，已广泛深入人心，故人们"惜而哀之，世论其辞，以相传焉"，因此，纪念屈原之说，影响最广最深，占据主流地位。在民俗文化领域，中国民众把端午节的龙舟竞渡和吃粽子等，都与纪念屈原联系在一起。

端午节是古老的传统节日，始于中国的春秋战国时期，至今已有2000多年历史。端午节的由来与传说很多，这里仅介绍以下四种：

源于纪念屈原——据《史记》"屈原贾生列传"记载，屈原，是春秋时期楚怀王的大臣。公元前278年，秦军攻破楚国京都。屈原眼看自己的祖国被侵略，心如刀割，但是始终不忍舍弃自己的祖国，于五月五日,在写下了绝笔作《怀沙》之后,抱石投汨罗江身死,以自己的生命谱写了一曲壮丽的爱国主义乐章。

传说屈原死后,楚国百姓哀痛异常,纷纷涌到汨罗江边去凭吊屈原。渔夫们划起船只,在江上来回打捞他的真身。有位渔夫拿出为屈原准备的饭团、鸡蛋等食物丢进江里,说是让鱼龙虾蟹吃饱了,就不会去咬屈大夫的身体了。人们见后纷纷仿效。一位老医师则拿来一坛雄黄酒倒进江里,说是要药晕蛟龙水兽,以免伤害屈大夫。据说人们投祭给屈原的食品,都被蛟龙抢走了。而蛟龙却忌惮楝树叶和五色丝线,所以人们就把米包成粽子来祭祀屈原。

由于屈原忠君爱国,却不得不自杀于江边,后人将其奉为诸"水仙王"之一,认为屈原在天之灵可以保佑渔民、船员及水上贸易商旅。

源于纪念伍子胥——端午节的第二个传说,在江浙一带流传很广,是纪念春秋时期(公元前770—前476年)的伍子胥。伍子胥名员,楚国人,父兄均为楚平王所杀,后来子胥投奔吴国,助吴伐楚,五战而入楚都郢城。当时楚平王已死,子胥掘墓鞭尸三百,以报杀父兄之仇。吴王阖庐死后,其子夫差继位,吴军士气高昂,百战百胜,越国大败,越王勾践请和,夫差许之。子胥建议,应彻底消灭越国,夫差不听。吴国大宰,受越国贿赂,谗言陷害子胥,夫差信之,赐子胥宝剑。子胥本为忠良,视死如归,在死前对邻舍人说:"我死后,将我眼睛挖出悬挂在吴京之东门上,以看越国军队入城灭吴",便自刎而死。夫差闻言大怒,令取子胥之尸体装在皮革里于五月五日投入大江,因此相传端午节亦为纪念伍子胥之日。

源于纪念孝女曹娥——端午节的第三个传说,是为纪念东汉(公元23—220年)孝女曹娥救父投江。曹娥是东汉上虞人,父亲溺于江中,数日不见尸体,当时孝女曹娥年仅十四岁,昼夜沿江号哭。过了十七天,在五月五日也投江,五日后抱出父尸。就此传为神话,继而相传至县府知事,令度尚为之立碑,让他的弟子邯郸淳作诔辞颂扬。

孝女曹娥之墓,在今浙江绍兴,后传曹娥碑为晋王义所书。后人为纪念曹娥的孝节,在曹娥投江之处兴建曹娥庙,她所居住的村镇改名为曹娥镇,曹娥殉父之处定名为曹娥江。

源于古越民族图腾祭——近代大量出土文物和考古研究证实:长江中下游广大地区,在新石器时代,有一种几何印纹陶为特征的文化遗存。该遗存的族属,据专家推断是一个崇拜龙的图腾的部族——史称百越族。出土陶器上的纹饰和历史传说显示,他们有断发纹身的习俗,生活于水乡,自比是龙的子孙。其生产工具,大量的还是石器,也有铲、凿等小件的青铜器。作为生活用品的坛坛罐罐中,烧煮食物的印纹陶鼎是他们所特有的,是他们族群的标志之一。直到秦汉时代尚有百越人,端午节就是他们创立用于祭祖的节日。在数千年的历史发展中,大部分百越人已经融合到汉族中去了,其余部分则演变为南方许多少数民族,因此,端午节成了全中华民族的节日。

习俗

我国民间过端午节是较为隆重的,比较普遍的活动有以下几种:

赛龙舟

赛龙舟,是端午节的主要习俗。相传起源于古时楚国人因舍不得贤臣屈原投江死去,许多人划船追赶拯救。他们争先恐后,追至洞庭湖时不见踪迹。之后每年五月五日划龙舟以纪念之。借划龙舟驱散江中之鱼,以免鱼吃掉屈原的身体。竞渡之习,盛行于吴、越、楚。

其实,"龙舟竞渡"早在战国时代就有了。在急鼓声中划刻成龙形的独木舟,做竞渡游戏,以娱神与乐人,是祭仪中半宗教性、半娱乐性的节目。

后来,赛龙舟除纪念屈原之外,在各地人们还赋予了不同的寓意。

江浙地区划龙舟,兼有纪念当地出生的近代女民主革命家秋瑾的意义。夜龙船上,张灯结彩,来往穿梭,水上水下,情景动人,别具情趣。贵州苗族人民在农历五月二十五至二十八举行"龙船节",以庆祝插秧完成和预祝五谷丰登。云南傣族同胞则在泼水节赛龙舟,纪念古代英雄岩红窝。不同民族、不同地区,划龙舟的传说有所不同。直到今天在南方的不少临江河湖海的地区,每年端午节都要举行富有自己特色的龙舟竞赛活动。

1980年,赛龙舟被列入中国国家体育比赛项目,并每年举行"屈原杯"龙舟赛。1991年6月16日(农历五月初五),在屈原的第二故乡中国湖南岳阳市,举行首届国际龙舟节。在竞渡前,举行了既保存传统仪式又注入新的现代因素的"龙头祭"。"龙头"被抬入屈子祠内,由运动员给龙头"上红"(披红带)后,主祭人宣读祭文,并为龙头"开光"(即点睛)。然后,参加祭龙的全体人员三鞠躬,龙头即被抬去汨罗江,奔向龙舟赛场。此次参加比赛、交易会和联欢活动的多达60余万人,可谓盛况空前。尔后,湖南便定期举办国际龙舟节。

端午食粽

端午节吃粽子,这是中国人民的又一传统习俗。粽子,又叫"角黍""筒粽"。其由来已久,花样繁多。

端午节的早晨家家吃粽子纪念屈原,一般是前一天把粽子包好,夜间煮熟,早晨食用。包粽子主要是用河塘边盛产的嫩芦苇叶,也有用竹叶的,统称粽叶。粽子的传统形式为三角形,一般根据内瓤命名,包糯米的叫米粽,米中掺小豆的叫小豆粽,掺红枣的叫枣粽;枣粽谐音为"早中",所以吃枣粽的最多,意在读书的孩子吃了可以早中状元。

一直到今天,每年五月初,中国百姓家家都要浸糯米、洗粽叶、包粽子,其花色品种更为繁多。从馅料看,北方多包小枣的北京枣粽;南方则有豆沙、鲜肉、火腿、蛋黄等多种馅料,其中以浙江嘉兴粽子为代表。

佩香囊

端午节小孩佩香囊,传说有避邪驱瘟之意,实际是用于襟头点缀装饰。香囊内有朱砂、雄黄、香药,外包以丝布,清香四溢,再以五色丝线弦扣成索,作各种不同形状,结成一串,形形色色,玲珑可爱。

悬艾叶菖蒲

民谚说:"清明插柳,端午插艾。"在端午节,人们把插艾和菖蒲作为重要内容之一。家家都洒扫庭院，以菖蒲、艾条插于门眉，悬于堂中。并用菖蒲、艾叶、榴花、蒜头、龙船花，制成人形或虎形，称为艾人、艾虎；制成花环、佩饰，美丽芬芳，妇人争相佩戴，用以驱瘴。

古人插艾和菖蒲是看中其防病作用。端午节也是自古相传的"卫生节"，人们在这一天洒扫庭院，挂艾枝，悬菖蒲，洒雄黄水，饮雄黄酒，激浊除腐，杀菌防病。这些活动也反映了中华民族的优良传统。端午节上山采药，则是我国各个民族共同的习俗。

有一个传说是，唐僖宗年间，黄巢领兵造反，所到之处，杀人百万，血流成河。老百姓听见黄巢来了就纷纷逃难，惟恐避之不及。这年五月，黄巢的军队攻进河南，兵临邓州城下，黄巢骑马到城外勘察地形，只见一妇人背著包袱，手里抱著个男孩像是在逃荒，感到很奇怪，就上前询问。那妇人说，"听说黄巢杀人不眨眼，不日就要攻进邓州。城里的男人都被征调去守城，我只好带着孩子逃命去了。"黄巢听罢，对这妇人产生了恻隐之心，说，你回去把菖蒲和艾草插在门口，这样黄巢的军队就不会伤害你们家的人了。妇人回到城里，把这个消息告诉了父老乡亲。第二天正是五月端阳，黄巢的军队攻进城里，只见家家户户门上都挂了菖蒲艾草。为了遵守对那位妇人的承诺黄巢只得无可奈何的领兵离去，全城因而得以幸免于难。

悬钟馗像

钟馗捉鬼，是端午节习俗。在江淮地区，家家都悬钟馗像，用以镇宅驱邪。唐明皇开元时，自骊山讲武回宫，疟疾大发，梦见二鬼，一大一小，小鬼穿大红无裆裤，偷杨贵妃之香囊和明皇的玉笛，绕殿而跑。大鬼则穿蓝袍戴帽，捉住小鬼，挖掉其眼睛，一口吞下。明皇喝问，大鬼奏曰：臣姓钟馗，即武举不第，愿为陛下除妖魔，明皇醒后，疟疾痊愈，于是令画工吴道子，照梦中所见画成钟馗捉鬼之画像，通令天下于端午时，一律张贴，以驱邪魔。

挂荷包和拴五色丝线

应劭《风俗通》记载："五月五日，以五彩丝系臂，名长命缕，一名续命缕，一名辟兵缯，一名五色缕，一名朱索，辟兵及鬼，命人不病瘟。"

  中国古代认为五色代表五行，以五色为吉祥色。因而，端午节日清晨，各家大人起床后第一件大事便是在孩子手腕、脚腕、脖子上拴五色线。系线时，禁忌儿童开口说话。五色线不可任意折断或丢弃，只能在夏季第一场大雨或第一次洗澡时，抛到河里。据说，戴五色线的儿童可以避开蛇蝎类毒虫的伤害；扔到河里，意味着让河水将瘟疫、疾病冲走，儿童由此可以保安康。

  孟元老的《东京梦华录》卷八记载：端午节物，百索、艾花、银样鼓儿，花花巧画扇，香糖果子、粽小、白团、紫苏、菖蒲、木瓜、并皆茸切，以香药相和，用梅红匣子盛裹。自五月一日及端午前一日，卖桃、柳、葵花、蒲叶、佛道艾。次日家家铺陈于门首，与五色水团、茶酒供养。又钉艾人于门上，士庶递相宴赏。

  陈元靓的《岁时广记》引《岁时杂记》提及一种"端五以赤白彩造如囊，以彩线贯之，搐使如花形，或带或钉门上，以禳赤口白舌，又谓之搐钱"。以及另一种"蚌粉铃"："端五日以蚌粉纳帛中，缀之以绵，若数珠。令小儿带之以吸汗也。"这些随身携带的袋囊内容物几经变化，从吸汗的蚌粉、驱邪的灵符、铜钱，辟虫的雄黄粉，发展成装有香料的香囊，制作也日趋精致，成为端午节特有的民间艺品。

  类似还有饮雄黄酒：此种习俗，在长江流域地区的人家很盛行。游百病：此种习俗，盛行于贵州地区。

【作者简介】

  刘禹锡（772—842），唐代文学家、哲学家。字梦得，洛阳（今属河南）人。贞元年间进士，授监察御史。参加王叔文政治革新，失败后贬朗州司马，迁连州刺史。后任太子宾客，加检校礼部尚书。与柳宗元交谊浪深，世称刘柳；又与白居易唱和甚多，并称刘白。其诗通俗清新，善用比兴寄托，富有民歌特色。有《刘梦得文集》。

三、端午节

竞渡曲
唐·刘禹锡

（竞渡始于武陵[1]，及今举楫而相和之，其音咸呼云"何在"，斯招屈之义，事见《图经》）

沅江五月平堤流[2]，邑人相将浮彩舟[3]。
灵均何年歌已矣[4]，哀谣振楫从此起。
扬桴击节雷阗阗[5]，乱流齐进声轰然。
蛟龙得雨鬐鬣动[6]，螮蝀饮河形影联[7]。
刺史临流褰翠帏[8]，揭竿命爵分雄雌[9]。
先鸣余勇争鼓舞[10]，未至衔枚颜色沮[11]。
百胜本自有前期[12]，一飞由来无定所。
风俗如狂重此时，　纵观云委江之湄[13]·
彩旗夹岸照蛟室[14]，罗袜凌波呈水嬉[15]。
曲终人散空愁暮，　招屈亭前水东注[16]。

【注释】
　　[1] 武陵：县名。即今湖南常德。
　　[2] 沅江：水名。在湖南境内流经桃源、常德，分数道入洞庭湖。
　　[3] 邑人：同邑的人，同乡的人。　相将：相随。　彩舟：龙船。
　　[4] 灵均：屈原的字。
　　[5] 桴：鼓棰。　阗阗：同"填填"，象声词。
　　[6] 鬐鬣（qí liè）：鱼或龙的脊鳍。
　　[7] 螮蝀（dì dōng）：彩虹别名。与上句蛟龙均喻龙舟。
　　[8] 褰：揭开。　帏：车帏。

［9］揭竿：举旗。　命爵：饮酒。

［10］先鸣：以斗鸡胜者先鸣喻取胜者。

［11］衔枚：行军时军士口中衔细木棍以禁喧哗，此处指失利者默不作声。

［12］前期：犹定数。

［13］云委：云积。喻人众多。

［14］蛟室：犹龙宫。

［15］罗袜：女子所着之袜。　水嬉：赛龙舟后的水上娱乐。

［16］招屈亭：朗州（治所在今湖南常德）纪念屈原的建筑。刘禹锡贬官朗州期间，居此亭附近。

【赏析】

　　刘禹锡在永贞元年（805），因参与王叔文政治革新，受到朝内保守力量的打击，贬官连州刺史，再贬为朗州司马，十年后的元和九年（814）奉召回朝。这首诗就写于这一时期。相传屈原自沉汨罗江后，当地百姓自发组织驾舟相救，后荆楚一带相沿成俗，演变成五月初五端午节赛龙舟的活动。全诗二十句，可分成两大层次，前十八句为一层，写当地一次五月端午赛龙舟的过程，后两句为一层，写事后作者所感所叹。这首诗的用韵很有特点，有的是隔句用韵，有的是逐句用韵，而诗歌的各个段落，就是按韵部划分的。先看前十八句所写。诗的头两句总说此地的赛龙舟之风，并且描写了赛舟场所的景色。三四句是写赛龙舟风俗起源于拯救屈原的风俗。这四句起得平平。但接下来的四句，写赛舟的场面，颇有些惊心动魄。船上鼓声大作，势如晴空霹雳。众舟如乱箭齐发，岸上的人们呐喊震天。舟如蛟龙戏水，又像彩虹腾飞，首尾相联，奋勇争先。随后六句写赛后的颁奖场面，很有层次感。先写州长官亲自为胜利者赐酒颁奖，再写胜负者不同的神情，再写人们对告负者的安慰：这是老天决定的，而且胜负并无常势。再后的四句写赛后的其他活动，士女倾城出动，欢声笑语喧天，真是全体民众的狂欢节。最后两句是写黄昏时候人们散尽后诗人的感触。用了"愁"字写他此刻的心境，但是为何而愁却并未明言，只是用江水东注的景色做了渲染。作者有满腹的报国之志，但是却无法施展，长年被贬在这荒僻之地。在这万民共乐的时分，白天尚可忘记痛苦，但黄昏日暮，望着江水，孔子的名言"逝者如斯，不舍昼夜"涌上心头，真是百感交集。

这首诗写作上的特点是对比强烈。前十八句叙事，虽然场面描写真切，气氛喜庆，但却缺乏激情；后两句的抒情是借景言情，虽情语在其中寥寥无几，但是愁情强烈且余韵无穷，有很强的艺术感染力。这样，前十八句的衬托与后两句的主旨形成极大反差，后两句的感情成为全诗的焦点。只有了解了作者的生平，才可能对此有深切的体会。

【作者简介】

涂寅，唐末文学家。生卒年不详，字昭梦，莆田（今属福建）人。乾宁元年（894）进士，授秘书省正字。梁开平元年（907）再试进士，中第一名，为福建历史上第一个状元。曾为闽王王审知掌书记。因讥刺后唐庄宗父李克用而落职，遂拂衣归隐。寅工辞赋。今存《涂正字诗赋》二卷，《钓矶集》五卷。《全唐诗》收其诗四卷，《全唐文》收其赋一卷。《唐才子传》《十国春秋》有传。

岳州端午日送人游郴连[1]

唐·徐 寅

五月巴陵值积阴[2]，送君千里客于郴。
北风吹雨黄梅落，西日过湖青草深。
竞渡岸旁人挂锦，采芳城上女遗簪。
九嶷云涧苍梧暗[3]，与说重华旧德音[4]。

【注释】

[1] 岳州：今湖南岳阳。　郴：州名。即今湖南郴州。　连：州名。即今广东连州。

[2] 巴陵：县名。治所在今湖南岳阳。

[3] 九嶷：也作"九疑"。山名，传说为舜葬身之处。　苍梧：山名。为九嶷山的别称。

[4] 重华：虞舜的美称。

【赏析】

　　友人要南下，诗人在端午节时为其送行，别意缠绵。首联切题。"巴陵"切"岳州"，"五月"切"端午日"，"送君"切"送人"，"客于郴"切"游郴连"。千里，指送客的岳阳在湘北，到湘南的郴州和粤北的连州，大约千里。叙事精警而周到。以下两联，都是叙端午眼前之景。颔联写自然风光。初夏时节，万木欣欣以向荣，但是在作者眼中，这些常人所见的美景却充满了悽怆。北风、苦雨、落梅、夕阳、平湖、野草，似有秋日的衰飒，作者依依的别情，使他眼中之景变得如此不堪。但是颈联突然一转，写人事场景。众舟竞发，人们披红戴绿，万头攒动，女子被挤得头发散乱，簪子掉落。节日的热闹喜庆，历历在目。别情在热闹场面的烘托下，是被淡化了，还是更显依依不舍？尾联写景叙事，暗叙别情。"九嶷云涧苍梧暗"，是悬想之语。九嶷山在郴州和连州之间，这句再次照应诗题中的"游郴连"。既然那里是上古圣人舜帝南巡陨身之处，因此现在不免由此生出话题，言及舜帝的美德和功绩。对友人美德的赞许和对别情的依恋，在不经意间流露出来。

【作者简介】

　　见前。

五月五日
北宋·梅尧臣

屈氏已沉死，　楚人哀不容[1]。
何当奈谗谤，　徒欲却蛟龙。
未泯生前眼，　而追没后踪。
沅湘碧潭水[2]，应自照千峰。

【注释】
[1] 不容：难以忍受。
[2] 沅湘：沅江和湘江。为流经湖南境的两条主要河流。

【赏析】
　　这是一首借端午节而纪念屈原的诗。像端午这样因某个人物而产生的全民盛大节日，在中国的节日中是绝无仅有的。诗人在这一天，写下了这首诗歌。诗的前四句是写端午的缘起。屈原自沉后，楚国之人非常哀痛，认为屈原这样做是不应该的，不能用投江自尽来平息诽谤，于是想把蛟龙逐走，将他救回，还他一个清白。后四句是写今日的端午景物。想来屈原死不瞑目，还有话想说，要不怎么会在千载之后，人们还心甘情愿地做这种徒劳之功，追随着他的遗踪，想救出他呢？最后两句明是写景，实际上是在抒发他对屈原的衷心寄语：眼前的沅江湘江的碧水，如同你的一片冰心，与万里青山同在，永不泯灭。梅尧臣是北宋中期诗文革新运动中的代表诗人。他淡定从容、平易近人的诗风，对整个宋代的诗风，产生了深远的影响。诗作在这方面的特点，非常突出。

【作者简介】

黄裳(1043—1129):字冕仲,号演山,南剑州(今福建南平)人。元丰五年(1082)进士第一,累官礼部尚书,赠资政殿大学士,谥忠文。有《演山集》。

喜迁莺·端午泛舟[1]

北宋·黄　裳

梅霖初歇。乍绛蕊海榴[2],争开时节。角黍包金[3],香蒲切玉[4],是处玳筵罗列[5]。斗巧尽输年少[6],玉腕彩绳双结。艤彩舫[7],看龙舟两两,波心齐发。

奇绝。难画处,激起浪花,飞作湖间雪。画鼓喧雷,红旗闪电,夺罢锦标方彻。望中水天日暮,犹见朱帘高揭。归棹晚[8],载荷花十里,一钩新月。

【注释】

[1] 喜迁莺:词牌名。又名《早梅芳》《春光好》《万年枝》《燕归来》《鹤冲天》等。

[2] 海榴:即石榴。又名海石榴,因来自海外,故名。

[3] 角黍:食品名,即粽子。

[4] 香蒲:即蒲草。多年生草本植物,生长在水边或池沼内。叶片可织席,制蒲包和扇子。

[5] 玳筵:即玳瑁筵,谓豪华珍贵的筵席。

[6] 斗巧:以智巧争胜。

[7] 艤(yǐ):使船靠岸。　舫:指船。

[8] 棹:本指船桨,借指船。

三、端午节

【赏析】

　　词中纯写宋代端午节的种种事物,堪称是一场民俗展览会。上片以写端午饮食和游乐活动为主。开篇三句写此时江南的景色。一是梅雨恰停艳阳天,二是石榴花开红似火。接下来三句则写这天的饮食。"角黍包金"和"香蒲切玉"是个对偶句子,但是意思却可视作是互文,同指粽子,但却不能视作是简单的同义反复。前一句是外形,用金黄色的蒲草叶包成;后一句则指内容,打开如剑的粽叶,上边是雪白的米芯,如同雕成的玉器,然后略带一笔"玳筵"作为饮食活动的结句。因为丰盛的筵席并非端午所特有,因此写得非常概括,以免喧宾夺主。接着的两句写小孩子们的游戏。上句写男孩儿,年长者不知有意为了逗孩子们高兴,还是老眼昏花反应迟慢,在玩那些机巧的游戏时,可能是斗草,也可能是猜枚,也可能是其他智力游戏,总是输掉。女孩子们打扮得漂漂亮亮,手腕上系着彩色的丝绳,互相炫耀。端午节的重头戏赛龙舟,总算千呼万唤始出来了。两两为组,一决高下。下片换头,但气脉紧承上片结句,先以赞叹语"奇绝""难画领起",使词意有个顿挫。然后再返回写赛龙舟的过程和场景。虽说难以勾画,但是在作者笔下,这个场面中的雪白浪花,红色旗帜,彩绘大鼓,如雷般喧声,仍是有声有色,如火如荼。随着锦标的有主,一切好像戛然消歇。最后六句,写由黄昏到入夜的湖景。眼前虽说日暮苍然,但是湖边人家似乎兴犹未尽,帘子仍然高挂,大约在欣赏这一天最后时分的湖上风光。写夜景的三句,充满诗情画意,有含不尽之意在于言外的韵致。也可约略体会到作者此时物我相融心境。

　　自西周以来,中国古时的文人士大夫崇尚高雅文化,从孔子对曾点"舞雩乎春风"的由衷赞美中便可看出。而对民间的俚俗文化,他们不管如何礼赞,但往往会不经意之间,流露出一丝难以融入的情怀,这首词最后三句的王维式的笔墨,便是体现。同是写景,这种优雅与前边的喧腾形成了对照,并且体现出作者真正的审美趣味所在。

【作者简介】

杨万里（1127—1206），南宋诗人。字廷秀，号诚斋，吉水（今属江西）人。绍兴进士，曾任秘书监。主张抗金。诗人与尤袤、范成大、陆游齐名，称南宋四家。其诗构思新巧，语言通俗明畅，自成一家，时号诚斋体。亦能文。部分诗文关怀时政，反映民间疾苦，较为深切。有《诚斋集》。

过弋阳观竞渡[1]

南宋·杨万里

急鼓繁钲动地呼[2]，碧琉璃上两龙趋。
一声翻倒冯夷国[3]，千载凄凉楚大夫。
银碗锦林夸胜捷，尽桡绣臂照江湖[4]。
三年端午真虚过，奇观初逢慰道涂[5]。

【注释】

[1] 弋阳：县名。今属江西。
[2] 钲：锣。
[3] 冯夷：传说中的黄河之神，即河伯。泛指水神。
[4] 桡（ráo）：船桨。
[5] 涂：通"途"。

【赏析】

宋孝宗淳熙十五年（1188），诗人已六十二岁。这年春天，他正任朝中要职，却因为建议将他的老师、著名的主战派人物张浚配享宋高宗庙祀，言辞过分激烈，得罪了孝宗，被贬往筠州（治今江西高要）担任知州。他向来将仕途看得较为轻淡，所以这个打击对他的心境没有产生大的影响。一路上，他游山玩水。端午节这天，他正在弋阳，看到了民间的赛龙舟活动，非常兴奋，便写下了这首诗。诗的前四句是写赛龙舟的场面。锣鼓之声,震天动地,在绿玻璃一般的信江江面上,两艘龙舟争先恐后地开始了比赛。一声震耳的开始号令,恐怕连水神都会惊恐得魂飞魄散,而沉于水下千年的屈子,不知该如何是好?五六两句,写了赛后获胜龙舟的船员们的兴奋之态,又是豪饮美酒,又是举桨高呼。最后两句是他的观后感。淳熙十一年(1185)十一月,诗人为继母服丧期满,奉召前往杭州,任吏部员外郎。此后在杭州度过的这三年岁月,他赏尽了三秋桂子,十里荷花;游遍了参差十万人家;过惯了谈笑有鸿儒,往来无白丁的诗书生活。是否缺了点什么?在旅途上对这充满生命张力的赛龙舟活动的观赏中,诗人重新获得了原始的活力,获得了对生命真谛的了解。到底贬官是否坏事?

【作者简介】

黄庚(1260—1328?),元诗人。字星甫,台州天台(今属浙江)人。宋亡后,浪迹江湖,以教馆为业,作诗为务。其诗多穷愁之言,有故国之思,以近体为佳,风致清远。著有《月屋漫稿》一卷。

端午月山主人酒边即事
元·黄　庚

窗外葵榴照眼明，　香蒲沁酒注银瓶。
自无量饮堪同醉，　非慕清名效独醒。
一日沈湘悲楚客[1]，　千年吊古读《骚经》[2]。
他乡记节聊随俗，　艾虎朱符挂户庭[3]。

【注释】

[1] 沈:同"沉"。
[2]《骚经》:即屈原长诗《离骚》。

[3] 艾虎：端午节采艾叶制成的虎形饰物，谓佩之可避邪。 朱符：用朱墨写的符箓，谓可驱鬼。

【赏析】

　　这是一首以咏史为主的诗歌。作者一生穷困潦倒，且有强烈的民族意识，誓不与代宋的元朝合作。其一生漂泊四方。在某年的端午节，浪迹在外的他有些感触，便发为诗歌。本来在这夏初时分，花事未艾，且有浸着蒲叶的美酒可饮，有诗友可与倾心交谈，不失为良辰美景，赏心乐事。因此首联色彩明丽，叙事酣畅，可见诗人之情绪昂扬。但时逢端午，再加饮酒，难免不想到屈原谈酒的名句："举世皆醉我独醒。"便很自然地将自己摆了进去。自己当然达不到"独醒"的境界，且没有什么酒量，那就同举世之人一起"同醉"吧。次联的两句，有很强的愤世嫉俗情绪。作者并非真的认为自己和光同尘，而是在这黑暗的时代，根本无法去像屈原那样抗争，有深深的无奈在。因此，自己能做的就只是对屈原心向往之了。三联既是泛指有高风亮节的人士，更是专指自己。尽管纪念屈原的节日仅此一天，但是追思屈原，却是千秋万代的事。屈原是在秦国将要亡楚，深感无力回天时自沉汨罗的。想到这一点，作者此刻是否有一丝愧疚？因此，最后两句给人以作者意兴阑珊，灰心丧气，草草收束之感。自己能做的，就是入乡随俗，将本来佩带在身上的艾虎和朱符，往门上一挂了事。

【作者简介】

　　杨爵（1493—1549），明富平（今属陕西）人。字伯珍，一字伯修，号斛山。嘉靖进士。授行人，擢御史，以母老乞归。服阕，起故职。时年岁频旱，帝日夕建斋醮，经年不朝；爵上疏极谏，词过切直，立下诏狱，历五年得释。抵家才十日，又被逮系狱，三年始还。卒，谥忠介。所作诗文，多直抒胸襟。有《杨忠介集》十三卷，《周易辨录》四卷等。

端午节

明·杨 爵

圜中佳节喜相寻[1],　　况有良朋与合簪[2]。
蒲酒且同今日乐,　　负盘因见古人心[3]。
忧时未恤身危久,　　宥罪还思恩诏临。
此日密云成骤雨,　　似伤屈子泪淋淋。

【注释】

[1] 圜:指牢狱。
[2] 合簪:犹"同僚"。簪,簪缨,为古代官员的冠饰。
[3] 负盘:一种飞虫,也称蜚蠊,即蟑螂,可以入药。

【赏析】

　　作者一生以忠正耿介,敢于犯颜抗上闻名朝野,因直谏得罪了当朝嘉靖皇帝,两次下狱历时共八年。这首诗即在狱中过端午节时所写。看来狱中规矩不太严格,因此过节时,朋友和同僚还能前往探视,并且小酌交谈。次联颇有些苦中作乐,甚至几分谐谑的意味。不仅喝酒酣畅,而且连狱中随处可见的蟑螂也被他美化了。蟑螂也叫蜚蠊,正与《离骚》名句"前望舒使先驱兮,后飞廉使奔属"中的"飞廉"谐音,这让他不由想起忠正敢谏的屈原。自己也正是同样原因身陷囹圄。"忧时"两句承上,将自己与屈原等量齐观,写出他此时的处境以及复杂的心情。他因嘉靖皇帝虔信道教,不理朝政而犯颜直谏获罪入狱,从"身危久"可见,在大牢里已呆了很长时间,但是他一点也不为此而后悔。虽说如此,诗人还是对皇帝心存希望,盼着他能降诏赦免自己。两句合起来看,他不能说出,但是盼望皇帝痛改前非的愿望不难体会。末联宕开一笔,写了当时大雨淋漓之景,并且将其与人们对屈原的怀念联在一起,还是盼望着朝廷皇帝能洞彻自己这样忠臣的赤子之心。

【作者简介】

王世贞（1526—1590），明代文学家。字元美，号凤洲，太仓（今属江苏）人。嘉靖进士，官至南京刑部尚书。与李攀龙同为"后七子"领袖，主张文必秦汉，诗必盛唐，倡导复古摹拟，在当时产生一定影响。晚年主张稍变。对戏曲也有研究，所撰《艺苑卮言》时有创见。著有《弇州山人四部稿》等。

端午日独坐长山署中有感[1]

明·王世贞

亦知佳节在，　掩卷自沉吟。
乳燕窥人静[2]，飞花染坐深。
彩丝儿女事，　纨扇岁时心。
有酒谁堪酌，　徒令百感侵。

【注释】

[1] 长山：县名。治所在今山东邹平县东长山。
[2] 乳燕：雏燕。

【赏析】

其他咏端午的诗大都突出众人的喧闹，而这首诗却一反常态，突出的是"独"坐的"静"谧。此诗写于嘉靖三十六年（1557），作者当时三十二岁，年初刚就任山东按察司副使，少年得意，本应满面春风。但是他的心情并不好，一方面可能是长期担任京官，炙手可热，且有众多诗友文友相伴，一下子来到这清冷之地，还无法适应；但更重要的是他的父亲王忬因北方俺答人的来犯，在四月刚刚受到朝廷的降职处分。所以在万人空巷的节日喜庆时，他选择了一人呆在官署，静静读书思索。前四句是写他的读书情景。大约是读累了，诗人抬起头来，母燕离巢，雏燕呆在窝里,正盯着默然的他;移开目光,又看到绚烂的花瓣随风飘下,已落满他的桌上座上。真是书中岁月长。后四句写他的所感。在手上系上彩色丝线,那是孩童们过节时的习俗,早已远离他去;而手边的团扇,也许上边还有什么文字图画,更使他感时伤岁。仆人放在他手边的酒壶,他无心思去动,只剩下百感交集。诗人就这样度过了他在山东的第一个端午节。

【作者简介】

李敷仁(1899—1958),陕西咸阳人。原名文会,笔名老百姓、咸员等。1931年赴日本留学,九一八事变后回国。1937年加入中国共产党,同年11月在西安创办《老百姓报》,宣传团结抗日。1945年加入中国民主同盟,并主编《民众导报》。1946年5月遭国民党特务暗杀,幸免于难。7月转赴延安,任延安大学校长。新中国成立后,任民盟中央委员、西安市政协副主席、全国人大代表等职。1958年2月病逝于西安。著有《关中民歌集锦》《抗战歌谣》《李敷仁诗文选》。

端阳有感
现代·李敷仁

(一九四〇年六月)

四十年来好时光,　是谁抛入黑暗乡?
雄黄药酒应如昨[1],飞机警报闹端阳。

【注释】

[1]雄黄:矿物名,可入药。也称鸡冠石。橘黄色,有光泽。旧俗端午节要饮用搀有雄黄的酒以防病避邪。

【赏析】

　　这首诗写于抗日战争中,当时作者在西安。西安当时也是大后方,虽然免于日军的铁蹄蹂躏,但是日军的飞机却时时前来轰炸,市民经常一日数惊。从 19 世纪末洋务运动以来,虽然历经变法失败、庚子国难、内乱频仍等灾难,但是国家走上了图强之路,却是有目共睹的。可是日本侵略者的铁蹄,使这一切化为泡影。1940 年前后,正是抗日战争最困难的时期。一个"谁"字,虽未明言何者,但是具有极强的控诉力量。作者写了两个对比性细节,一是如同和平时期一样,在这个节日里饮着雄黄酒;二是防空警报声的不绝于耳,人们仓促躲进防空洞的场面,却提示着这个民族正遭受着巨大的创伤。诗的语言浅显明白,但是其中蕴含的强烈义愤,溢出纸面。

四、七夕节（9首）

【作者简介】

沈约（441—513），南朝梁文学家。字休文，吴兴武康（今浙江德清武康镇）人。历仕宋齐二代，助梁武帝登位，封建昌县侯，官至尚书令，卒谥隐。其诗浮靡，着意雕饰。与谢朓、王融等人倡导声律，创四声八病之说，时号永明体，对近体诗的发展产生很大影响。有《沈约集》等著作，已佚。明人辑有《沈隐侯集》。

织女赠牵牛[1]

南朝·沈 约

红妆与明镜， 二物本相亲。
用持施点画， 不照离居人。
往秋虽一照， 一照复还尘。
尘生不复拂， 蓬首对河津。
冬夜寒如是， 宁遽道阳春。
初商忽云至[2]， 暂得奉衣巾。
施衿已如故[3]， 每耻辍如新。

【注释】

[1] 织女、牵牛：均为天上组星名。后演变为神话人物，民间有织女与牛郎结为夫妻，并于七夕在天河鹊桥相会的故事。后人常用这个

故事表达夫妻相隔或男女相爱之情。

　　[2] 初商：初秋。商本为五音宫商角徵羽之一，古人以五音配四季，商音配秋，因以商指秋季。七夕正值初秋之时。

　　[3] 施衿（jīn）：古代婚礼仪式之一。谓女子出嫁时，母亲为其整衿。

【赏析】

　　织女牛郎的故事，最晚在汉代已开始流传，魏晋南北朝时，已经定型。织女是天帝之女，住在天河东，每天劳作，织出天上彩霞，却无暇打扮自己。天帝看她独处可怜，便让她嫁给天河西边的牵牛郎。但是她婚后，再也不织云霞。天帝发怒，令她返回河东，但允许她每年七夕和牛郎相会。这首诗写织女不得与夫长相厮守的痛苦。诗的构思非常精巧。写人的感情，却偏偏从两件事物着笔，用了整整前边六句。本来漂亮的打扮，是离不开镜子的。但是镜子已基本被废弃了。一年到头只用一次，然后就任由它落满灰尘。为什么，因为"女为悦己者容"，与夫君终年不见，有什么心情，打扮得娇娇滴滴的媚！诗的后八句写织女对夫君的思念。"尘生不复拂"一句由写物过渡为写人。她不擦镜子，在干什么？原来是日日夜夜，蓬头垢面地隔河望君。整个冬春夏，她都是如此度过的。但是，秋风一起，七夕将至，她马上开始打扮自己。虽然离出嫁的时间已很久远，但是那一年只穿一次的嫁衣，仍光鲜如新。一个"耻"字，将织女此刻的心理活动，刻画得细致入微。自打天上有这两颗星时，自己就与牛郎成亲，经过不知多少万年了吧，早已成为老夫老妻，但是现在却穿上这样鲜艳夺目的衣服，连自己都觉得太不好意思。喜悦中饱含着的酸楚，不知能否体会出来？这首诗写作的最大特点，就是细腻的心理描写。作者将天上的仙女当做日常生活中的普通思妇来写，使写仙界的诗充满了人间烟火气。

四、七夕节

【作者简介】

范云(451—503),南朝齐梁间诗人。字彦龙,南乡舞阴(今河南泌阳)人。少机警有才识,善属文,工尺牍。历仕宋、齐、梁,曾先后在萧子良及萧衍幕府任职,官至礼部尚书,封霄城县侯。为官以廉洁称,家无积蓄。谥文。工诗,与沈约、萧衍等号"竟陵八友"。诗风流丽宛转,原集已散佚。今存诗四十余首,文三篇。

望织女

南朝·范 云

盈盈一水边, 夜夜空自怜。
不辞精卫苦[1], 河流未可填。
寸情百重结, 一心万处悬。
愿作双清鸟, 共舒明镜前。

【注释】

[1] 精卫:神话中鸟名。本为炎帝之女,名女娃,游东海溺毙,变为精卫。常衔西山之石,欲填平东海。

【赏析】

这首诗的构思比较奇妙。作者仰望织女星,忽发奇想,代其立言。织女每夜都隔河相望,却无法与夫君相会,便只能自怨自艾。但是,她并没有像传说中的精卫鸟那样,每日衔石,誓要填平东海,因为她知道那是徒劳的,天河填不平,夫君还是遥不可及。五六两句转为刻画她的心境。那可怜的一点儿情意,注定要让自己永生永世愁肠百结;一颗心却要操尽万般事。这完全是因为无法与心爱的人团聚造成的。因此,她生出不愿为神,只愿做一双世上高洁的鸟儿,可与夫君共同照镜,互相戏谑,如同普通的夫妇那样。

【作者简介】

梁武帝萧衍（464—549），字叔达，南兰陵（今江苏常州西北）人。任齐雍州刺史时，乘齐内乱，起兵夺取帝位，建立梁朝。衍博学能文，喜欢招集文士，与子萧统、萧纲世称"萧氏父子"，身边形成一个很大的文学集团。衍亦精通音乐及书法，笃信佛教，曾三次舍身同泰寺。所作诗文，鼓吹儒佛。其著述颇富，原有集，已散佚，明人辑有《梁武帝集》。

七夕诗

南朝梁·萧　衍

白露月下团，　秋风枝上鲜。
瑶台含碧雾[1]，罗幕生紫烟。
妙会非绮节[2]，佳期乃良年。
玉壶承夜急[3]，兰膏依晓煎[4]。
昔悲汉难越，　今伤河易旋。
怨咽双断念，　凄悼两情悬。

【注释】

[1] 瑶台：传说中神仙的居处。

[2] 绮节：七夕的别称。

[3] "玉壶"句：谓时间过得太快。古以漏壶计时。在漏壶中插入一根标竿，称为箭，其下用箭舟托浮于水上。水流出或流入壶中时，箭下沉或上升以表示时刻。

[4] 兰膏：古代以泽兰子（兰香）炼制的油膏，可以点灯。

四、七夕节

【赏析】

梁武帝当皇帝不算成功,但却是个地地道道的诗人。诗的前四句描写了初秋的特定景物。"白露"两句写世间秋景,"瑶台"两句则是对仙界的悬想。那里也应和人间一样,美景良辰到来。接下来的两句,却笔锋一转。诗人想到,为什么好事非要在这一年中最美好的时令发生,只要是男女欢会,任何时候都是最美好的。以上是一层意思,写欢会的背景。下来的六句则是写欢会的情景和此后的失落怅然。"玉壶"两句写一夜时光,转瞬即逝,因此不由抱怨漏壶走得太快;而白天到后,又陷入日复一日的炼兰子为灯油之类的劳作之中。因此生出感慨,在这一夜之前,我一直觉得河汉难渡,但是鹊桥相会之后,又觉得这天河这样容易变化,喜鹊回到人间,自己与夫君再度睽隔,咫尺天涯。最后两句是作者的感叹,人间天上,都是好事难全。南朝梁时,宫体诗开始盛行,虽说其艳情颇为后世所诟病,但是其遣词造句的精美和对人物尤其是处于爱情中的女方心理刻画的细致入微,却取得了很高的成就。这首诗在写作方面有两大特点,值得深入体会。一是写景抒情叙事多重转换。如一二句写人间之景,三四句写天上之景,七八两句叙事写景和人物心理的描写多种因素融为一体,叙事角度忽而为人物,忽而为作者,都自然而不露痕迹,如天衣无缝;二是造语新奇而不失妥帖。"团"和"鲜"字用得颇妙。前者写出了露水在夜间逐步凝结的过程,不仅写出了天气转凉的时令,而且暗示了观露之人的彻夜不眠,为下文的闺思埋下伏笔;后者则写出了此时秋风的爽而不冽,令人怡然。可见作者在文学语言运用方面达到的高度成就。

【作者简介】

刘遵(488—533),南朝梁诗人。字孝陵,原籍彭城(今江苏涂州)。起家著作郎,太子舍人,累迁晋安王萧纲记室。以后随萧纲从事,卒年四十九,纲深为悼惜,拟撰墓志并为撰集。著有《梁东宫四部目录》,已佚。今存诗九首,诗风轻绮,为典型宫体。

七夕穿针

南朝梁·刘 遵

岁月如有意,情来不自禁。
向光抽一缕,举袖弄双针[1]。

【注释】

[1] 双针:金银针。因用为针的美称。南朝宋人刘义庆《启事》:"圣恩赐金银针,七色缕。"

【赏析】

作者是位宫体诗人。宫体诗好写妇女体态心境,尤其是其闺怨之苦,往往细致入微。这首诗写了一位宫人在七夕之夜穿针这一细节。岁月流逝人空老,但是自己仍未盼到君主的临幸。无法言说之情在这天上人间夫妻团圆的夜间,浩荡如水,无法自抑。于是对着月光,抽出皇上恩赐的一缕彩线和金银针。真是爱屋及乌。旧时后宫佳丽三千,绝大多数都会白首不见召,演出了一出出悲剧。这首诗写的这位宫人,只是如大海中的一滴水。作者只写了她穷极无聊,愁绪难抑时,借穿针来排遣的这一具体动作,便将这万千思绪传达出来,可谓是重意轻托。

【作者简介】

沈佺期(约656—714),初唐诗人。字云卿,相州内黄(今属河南)人。唐高宗上元二年进士,累官至中书舍人、太子詹事。曾因贪污及谄附张易之,被流放驩州。诗与宋之问齐名,并称沈宋,多应制之作。所作律体严谨精密,对律诗体制的定型极有影响。有《沈佺期集》。

七 夕

唐·沈佺期

秋近雁行稀，天高鹊夜飞。
妆成应懒织，今夕渡河归。
月皎宜穿线，风轻得曝衣。
来时不可觉，神验有光辉。

【赏析】

　　这首诗每两句一层意思。前两句写出初秋的景色特点。上句写白天，虽说已有候鸟大雁南飞，但只是偶一见之；下句写夜间，天高气爽，连留鸟喜鹊都乐不归巢，享受这美好时光。次二句写织女此刻的行为。她平日不停地为天上织出彩霞，但是今天却懒得动手，因为已经打扮得漂漂亮亮，等着要去会见夫君，然后归来。五六句则是写人间习俗。当时风俗，这天晚上，妇女们要结七彩缕，穿七孔针或金银针，在院中设桌，摆瓜果等物，向织女乞巧；从汉武帝时开始，宫女们也要在这一天，将皇后的衣物拿出来晾晒，要让织女看看。最后两句是作者的议论，织女也许会光顾，虽说不会现形，但是会有灵迹显示的。如果有种叫喜子的小蜘蛛在院中摆放的瓜果上结网，那就是织女来过了。诗写得比较平淡。颔联的对仗也不合后来规矩，这可以看出律诗在开始时的不够成熟。

【作者简介】

　　见前。

七夕寄怀

唐·温庭筠

鹊归燕去两悠悠，　青琐西南月似钩[1]。
天上岁时星右转，　世间离别水东流。
金风入树千门夜[2]，银汉横空万象秋。
苏小钱塘通桂楫[3]，未应清浅隔牵牛。

【注释】

[1] 青琐：装饰皇宫门窗的青色连锁花纹。借指皇宫。

[2] 金风：秋风。古人认为，西方为秋而主金，故将秋风称作金风。

[3] 苏小：南朝齐时的钱塘名妓。据传说苏小小死后，芳魂不散，常常出没于花丛林间。

【赏析】

　　这首诗写作上的特点是笔墨在天上人间两者中游走，忽而天上，忽而人间，虚实相生，真幻难辨。一三联写景，二四联抒情议论，层次谨严。七夕这个节日本来就是有关天上的神话与世间人们对于爱情的期盼两者融会贯通的。首联上句是从天上的角度来写的。喜鹊回来了，为的是搭建鹊桥，没燕子的事儿，它们便去了人间。下句则实写京中七夕夜景，从而引发作者关于七夕天上人间的思绪：天上星象在此时令的变化，暗示织女与牛郎团圆的时刻到来，但是人间却是夫妻情侣的离别成为常态，正如江水东流，变动不居。这其中有什么因果关系吗？作者没有说，又转而写景。"金风"句上承"青琐"句，为写京城七夕夜景。上边月似钩而这里写风为金，前面的青琐与后面的千门相互映衬，既写出了景物的同一，又富于变化。前边都是写天上与人间的对立。最后两句是议论,诗人终于找到了如何将天上人间钩连起来的方式:让人间的多情美女苏小小撑上美丽的小船上天,那样,一湾浅浅的天河之水,就再也无法阻拦织女牛郎的相会,而人间的夫妻情侣,也会永远厮守,不再分离。

【作者简介】

钱易(968—1026),北宋诗人。字希白,钱塘(今浙江杭州)人。钱惟演从弟。咸平二年进士。曾任光禄寺丞,蕲州、信州通判,太常博士,尚书祠部员外郎,翰林学士等。才思敏捷过人,数千万言,援笔立就。其诗文初学晚唐,后宗西昆,辞翰博赡,不蹈陈言。著有《金闺集》等甚多,今仅存《南部新书》十卷。《全宋诗》录其诗十九首,《全宋文》收其文七篇。

七夕作

宋·钱 易

天上人间重此宵, 新情旧恨两迢迢。
汉宫露密罘罳冷[1], 秦殿灯深羯鼓焦[2]。
香粉溟濛筛绮席, 蛛丝千万络烟霄。
牵牛何事劳神鹊, 不使虹蜺驾作桥。

【注释】

[1] 罘罳(fú sī):古代设在门外或城角的网状建筑,用于守望或防御。

[2] 羯鼓(jié gǔ):古代的一种打击乐,从印度传入,盛唐时盛行,常用于宫廷乐舞。

中华传统节日诗词诵读

【赏析】

　　这首诗前后的照应非常谨严。首句"此宵"指七夕之夜,而"天上人间"则提示将从这两个方面铺叙此夜之事之情。"新情"指人间之事,故以颔联承之。唐宋人喜用秦汉言当代之事,因此,这两句是说此时官中的情景,照应"人间"。禁卫之兵回家,罘罳空置;守夜之人休息,灯火烤焦乐鼓。家家团圆,沉浸在这良宵之中。三联则是照应"旧恨",谓天上之事。织女打扮用的香粉,从席子的缝隙中漏下;她用成千上万喜蛛织成的蛛网,遮住了满天烟云,以防人们窥视。天上人间,都在为男女团圆而喜庆,真可说是普天同乐。但是诗人却想到了喜鹊,它们为了搭鹊桥,不得不从人间前往天上,放弃了团圆而去劳作。因此他忽发奇想:牛郎啊,你为什么不让天上的虹蜺来作银河上的桥梁,让这些小小的生灵也能享受这情侣团聚的节日?这是以人间之情来写天上之事,天上人间终归一统。

【作者简介】

　　陈师道(1053—1102),北宋诗人。字履常、无己,号后山居士,彭城(今江苏徐州)人。曾任太学博士、秘书省正字等职。家境困窘,爱苦吟,是江西诗派的代表作家之一。常与苏轼、黄庭坚等唱和。诗多写其生活琐事。有《后山先生集》。

菩萨蛮·七夕[1]
宋·陈师道

　　东飞乌鹊西飞燕,盈盈一水经年见。急雨洗香车,天回河汉斜。

　　离愁千载上,相远长相望。终不似人间;回头万里山。

四、七夕节

【注释】

[1] 菩萨蛮：词牌名。又名《子夜歌》《重叠金》。小令四十四字，上下阕各两仄韵转两平韵。

【赏析】

凡写七夕的诗词，大凡不出写天上人间。这首也不例外。从词的结构看，应是上下两阕各有侧重，但是实际写作中，却是前六句为一层，写天上牛郎织女夫妻天汉阻隔，仅一年一见，互相痛苦思念事。但是描写的重点是最后两句写人间。作者看来是赞美人间生活的，毕竟天下夫妻情侣，总的来说是聚多离少，故应为幸事。但是却以"回头万里山"作结，究竟是什么意思？是讲人间夫妻情侣，也常隔万里关山，遥相思念而无法团圆，与牛郎织女差不多，还是讲夫妻情侣间难免同床异梦，不啻相隔万里？琢磨不透，反正不是赞美人间。这也增添了词的含蓄蕴藉之美。

【作者简介】

张埜（yě）：字野夫，号古山，邯郸（今属河北）人，元代词作家。生卒年不详，延祐、至治间在世。官翰林修撰。有《古山乐府》。

夺锦标·七夕[1]

元·张 埜

凉月横秋，银潢浸练[2]，万里秋容如拭。冉冉鸾骖鹤驭[3]，桥倚高寒，鹊飞碧空。问欢情几许，早收拾，新愁重织。恨人间，会少离多，万古千愁今夕。

谁念文园病客[4]。夜色沉沉，独抱一天岑寂。忍穿针亭榭，金鸭香寒[5]，玉徽尘积[6]。凭新凉半枕，又依稀，行云消息。听窗前，泪雨浪浪，梦里檐声犹滴。

【注释】

[1] 夺锦标，词牌名，又名《锦标归》《清溪怨》。一百零八字，上片四仄韵，下片五仄韵。

[2] 银潢：银河、天河。

[3] 鸾骖、鹤驭：均指仙人车乘。骖，本指同驾一车的三匹马，引指车。

[4] 文园：本指西汉司马相如，其曾任文园令。后借指文人。

[5] 金鸭：鸭形镀金香炉。

[6] 玉徽：玉制琴徽，亦作为琴的美称。

【赏析】

这首词上片写天上人间的离愁别恨，下片写作者的孤寂之叹，层次很分明。"凉月横秋"到"新愁重织"写七夕之夜牛郎织女相会。叙事层次清晰：先写环境，"横"字用得很好，写出了月色的无所不在和寒凉之感，暗示出团聚短暂的伤感。"银潢"两句想象奇特。词人先看到万里长空如洗，再推想到是被人擦拭过，再联想到这一定是织女将自己织好的白绸子在银河里洗净后的所为。"冉冉"三句有种凄艳之美，黑暗的天幕上，仙人驾车缓缓送来一对情侣，在砭骨的寒风中，驶上鹊桥。但还没等多一会儿，别离的时候到了，不仅相思未解，反而平添了新愁。词人因而联想到，人间又何尝不是如此！聚少离多，天人同悲。

下片换头而语义相贯。因为自己就是上边所说的世间之人。天涯游子，有病在身，在这月钩皎美之时，却要忍受难以忍受的孤寂。"抱"字含义丰富。既可解为充斥于心，也可解为久长不衰，总之，是生命难以承受之重。"忍穿针"三句，是对远方爱侣的悬想。作者将那里的环境做了诗意的想象。那里虽然堪比仙境，但是她一定无心像其他的女子那样，将自己的针线活向织女炫耀，用"忍"字写出了对方虽明里穿

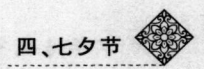

针,暗则痛苦不堪的神情。家里精美的香炉早断了烟火,玲珑的琴瑟也许久乏人问津,她哪里有那样的闲情逸致。最后六句又写到了自己。靠着刚凉下来的席枕朦胧睡去,似乎飞来的云遮住月光,又依稀飘去。后半夜,天下起了雨,真像是心上人的泪雨滂沱,梦中依然。

五、中秋节（38首）

中秋节

中秋节又称月夕、秋节、仲秋节、八月节、八月会、追月节、玩月节、拜月节、女儿节，按照农历，八月为秋季的第二个月，恰值三秋之半，古时称为仲秋，因此民间称为中秋，又因为这一天月亮满圆，象征团圆，又称为团圆节。据说此夜月球距地球最近，月亮最大最圆最亮，所以从古至今都有饮宴赏月的习俗；回娘家的媳妇是日必返夫家，以寓圆满、吉庆之意。也有些地方将中秋节定在八月十六，如宁波、台州、舟山，这与方国珍占据温、台、明三州时，为防范元朝官兵和朱元璋的袭击而改"正月十四为元宵、八月十六为中秋"有关。此外在香港，过了中秋兴犹未尽，还要在十六夜再狂欢一次，名为"追月"。

起源

中秋一词，最早见于《周礼》，《礼记·月令》上说："仲秋之月养衰老，行糜粥饮食。"但并没有说明是八月的哪一天。中秋节是远古天象崇拜——敬月习俗的遗痕。据《周礼·春官》记载，周代已有"中秋夜迎寒""中秋献良裘""秋分夕月（拜月）"的活动；汉代，又在中秋或立秋之日敬老、养老，赐以雄粗饼。晋时亦有中秋赏月之举，不过不太普遍；直到唐代将中秋与嫦娥奔月、吴刚伐桂、玉兔捣药、杨贵妃变月神、唐明皇游月宫，得到了霓裳羽衣曲等神话故事结合起来，使之充满浪漫色彩，赏月之风方才大兴。

中秋节的盛行在宋朝。北宋，正式定八月十五为中秋节，并出现月饼这种节令食品。孟元老《东京梦华录》说："中秋夜，贵家结饰台榭，民间争占酒楼玩月"；而且"弦重鼎沸，近内延居民，深夜逢闻笙筝之声,宛如云外。闾里儿童,连宵嬉戏;夜市骈阗,至于通晓。"吴自牧《梦梁录》说:"此际金风荐爽,玉露生凉,丹桂香飘,银蟾光满。王孙公子,富家巨室,莫不登危楼,临轩玩月,或开广榭,玳筵罗列,琴瑟铿锵,酌酒高歌,以卜竟夕之欢。至如铺席之家,亦登小小月台,安排家宴,团围子女,以酬佳节。虽陋巷贫窭之人,解衣市酒,勉强迎欢,不肯虚度。此夜天街卖买,直至五鼓,玩月游人,婆娑于市,至晓不绝。"更有意思的是,《新编醉翁谈录》记述拜月之俗:"倾城人家子女不以贫富能自行至十二三,皆以成人之眼眼饰之,登楼或中庭焚香拜月,各有所朝;男则愿早步蟾宫,高攀仙桂。……女则愿貌似嫦娥,圆如皓月。"

明清时期,中秋节已经成为中国的一大传统节日。元末朱元璋起兵时以月饼秘密传递"八月十五日杀鞑子(即元兵)"讯息,洪武元年(1368年)朱元璋将月饼作为节令糕点赏赐群臣。"其祭果饼必圆";各家都要设"月光位",在月出方向"向月供而拜"。《正德江宁县志》载,中秋夜,南京人必赏月,合家赏月称为"庆团圆",团坐聚饮称为"圆月",出游待市称为"走月"。陆启泓《北京岁华记》载:"中秋夜,人家各置月宫符象,符上兔如人立,陈瓜果于庭,饼面绘月宫蟾兔;男女肃拜烧香,旦而焚之。"田汝成《西湖游览志余》云:"是夕,人家有赏月之宴,或携柏湖船,沿游彻晓。苏堤之上,联袂踏歌,无异白日";"民间以月饼相邀,取团圆之义"。富察敦崇《燕京岁时记》称:"中秋月饼,以前门致美斋者为京都第一,他处不足食也。呈供月月饼到处皆有。大者尺余,上绘月宫蟾兔之形。""每届中秋,府第朱门皆以月饼果品相馈赠。至十五月圆时,陈瓜果于庭以供月,并祀以毛豆、鸡冠花。是时也,皓魄当空,彩云初散,传杯洗盏,儿女喧哗,真所谓佳节也。唯供月时男子多不叩拜。"同时这五百多年中还推出"烧斗香""走月亮""放天灯""树中秋""点塔灯""舞火龙""曳石""卖兔儿爷"等节庆活动;其中的赏月,吃月饼、团圆饭等习俗,一直流传到今天。

习俗

吃月饼

宋再思《洛中纪异》说，唐僖宗在中秋节日吃月饼，味道极美，他听到新科进士在曲江设开喜宴，便命御厨房用红绫包裹月饼赏赐给新科进士们。这是我们能够看到的最早的关于月饼的记载。到了宋代，月饼有"荷叶""金花""芙蓉"等等雅称，其制作方法更加精致。诗人苏东坡有诗称赞说，"小饼如嚼月，中有酥与饴"，酥是油酥，饴就是糖，其味道甜脆香美可想而知。宋以后，制作月饼不仅讲究味道，而且在饼面上设计了各种各样与月宫传说有关的图案。饼面上的图案，起初大概是先画在纸上然后粘贴在饼面上，后业干脆用面模压制在月饼之上。满月形的月饼也跟十五的圆月一样象征着大团圆，人们把它当作节日食品，用它祭月，用它赠送亲友。这无疑是汉民族的一种民族心理的反映。传说，元朝初年，元蒙统治者惧怕民众起来反抗，采取每十家派一名兵监视，十家只许用一把菜刀的高压政策，人民忍无可忍，便乘八月十五中秋节互赠月饼之机，在月饼里放一个蜡丸，蜡丸中裹着纸，纸上写着誓言，饼底还贴一张纸做暗示，以此互相号召反元。浙江温州一带称这种月饼为"三锦"，按当地方言的谐音就是"杀尽"。这大概就是今天月饼外常贴上一张纸的由来。

长期以来我国人民对制作月饼积累了丰富的经验，月饼的种类也越来越多，工艺越来越讲究。咸、甜、荤、素各俱香味；光面、花边，各有特色。明末彭蕴章在《幽州土风俗》中写道："月宫饼，制就银蟾紫府影，一双瞻兔满人间。悔煞嫦娥窃药年。奔入广寒归不得，空劳至杵驻丹颜。"这说明心灵手巧的厨师已经把嫦娥奔月的优美传说，作为食品艺术图案形象再现于月饼之上。清代富察敦崇《燕京岁时记》也有"至供月饼，到处皆有，大者尺余，上绘月宫蟾兔之形"的记述。足见古代月饼从内容到形式已是百花齐放了。

五、中秋节

【作者简介】

见前。

中秋夜月二首

唐·杜 甫

满目飞明镜[1]，归心折大刀[2]。
转蓬行地远[3]，攀桂仰天高[4]。
水路疑霜雪，林栖见羽毛。
此时瞻白兔[5]，直欲数秋毫[6]。

稍下巫山峡[7]，犹衔白帝城[8]。
气沈全浦暗[9]，轮仄半楼明[10]。
刁斗皆催晓[11]，蟾蜍且自倾[12]。
张弓倚残魄[13]，不独汉家营。

【注释】

[1] 明镜：喻月亮。
[2] 折大刀：古诗曰："藁砧今何在，山上复有山。何当大刀头，破镜飞上天。"作者用这个典故，表明思家的迫切心情。折，摧折。
[3] 转蓬：风中飞旋的蓬草。比喻在外漂泊。
[4] 攀桂：即攀折桂枝。传说月中有桂树。
[5] 白兔：月亮的代称。传说月中有白兔，故称。
[6] 秋毫：本指鸟兽秋天新长出来的细毛。喻细微之物。这里指代毛笔。数秋毫，指诗兴动发。
[7] 巫山峡：即巫峡，三峡之一。西起四川巫山县大溪，东至湖北巴东。因巫山而得名。两岸绝壁，船行极险。

[8] 白帝城：古城名。故址在今四川省奉节县东瞿塘峡口。作者时在夔州，治所即在白帝城。

[9] 浦：水边，或河流入海的地区。

[10] 轮仄：月轮被物所挡。

[11] 刁斗：古代军中白天用来烧饭，晚上用来敲击巡更的铜制用具。

[12] 蟾蜍（chán chú）：指月亮。因传说月亮里有三条腿的蟾蜍。

[13] 残魄：指残月。

【赏析】

这两首诗写于唐代宗大历二年（767），诗人当时五十七岁，已离成都，且行且住，向着长江下游而去。他的目标，始终是回到中原的家乡。这时，他在夔州（今重庆奉节）已住满一年。前首诗思归，二首诗伤乱。

先看第一首，这是写初升之月。据清人浦起龙说，这首诗是先言情而后写景。作者漂泊在外，虽有家人在旁，但怀乡之情弥烈。诗的前四句言情。眼前是中秋月满，天上月圆，人间团圆，但是诗人渴望归乡多年，始终只是泡影。因此对明月也产生了怨恨。据说有种大刀可将明月斩半，而诗人觉得自己心中激荡的感情，较之大刀威力有过之而无不及。自己虽然流落他乡，居无定所，但是攀桂树而登月的雄心，未尝稍减。可能是觉得自己的力不从心，诗后半部的四句全在写月下的清景。月亮清光四溢，皎洁无比，水像霜雪一样白净，林中的片羽都可看得清清楚楚。抬头望月，连月中玉兔之毛也都历历在目，清晰可数。

诗前后两截形成鲜明对照，前边言情愤激几无可抑制，后边写景清谧而超凡绝俗，反差极大。似作者本有一腔怒火，但在对澄明圆融美好的月亮观照中，一切烟消云散，精神得到了净化升华，超然于世间纷争之外了。

第二首是写将落之月，写法上与上首也有所不同。上首先情后景，这首是先景后情。前四句全写将落之月的神态。主语全是月亮。从意象上看，一三句为一组，二四句为一组。月亮稍稍落下巫峡，清气沉去，江边暗淡下来；但仍高挂在白帝城上，虽被遮住了一角，但仍通明。"稍下"与"气沈"，"犹衔"与"轮仄"的呼应，都显示出作者观察物象的细致入微以及驱遣文字的深厚功力。第三联明写时令，城中报晓的刁斗声已响起，但是这对月亮好像并无法令效应，他还是按着自己的脚步，自顾自地向山后移去。刁斗是一种军旅和战争中用的器具，它的响起让诗人惊醒，这并非是和平时期，儿女绕膝，饮酒赏月的时候，因此尾联带出，不只是汉家营中，才有倚残月而张弓射箭之举，国内的战事仍是"烽火连三月"之时！

不管作者如何想要在赏月活动中获得超脱，但他的忧国忧民之心，须臾未敢懈怠也。

【作者简介】
见前。

八月十五夜桃源玩月[1]
唐·刘禹锡

尘中见月心亦闲，　况是清秋仙府间。
凝光悠悠寒欲坠，　此时立在最高山。
碧空无云风不起，　山上长松山下水。
群动翛然一顾中[2]，天高地平千万里。
少君引我升玉坛[3]，礼空遥请真仙官。
云䡛欲下星斗动[4]，天乐一声肌骨寒。
朝霞昕昕渐东上[5]，轮欹影促犹频望[6]。
绝境良时难再并，　他年此夕应惆怅。

【注释】

　　[1] 桃源：在今湖南。传说陶渊明所写《桃花源记》即指此处。
　　[2] 翛（xiāo）然：无拘无束、自由自在的样子。
　　[3] 少君：这里泛指道士。玉坛：道坛的美称。亦借指仙境。
　　[4] 軿（píng）：古代一种有帷幔的车，多供妇女乘坐。
　　[5] 昕昕（xīn）：明亮的样子。
　　[6] 攲（qī）：古同"欹"，倾斜意。轮攲，即月轮倾斜，将要坠落。

【赏析】

　　这首诗是作者元和二年八月在朗州写的。诗的背景，可参看第40条作者的《竞渡曲》。作者此时遭受了人生以来最沉重的打击，但是却丝毫看不出颓唐之气。在到朗州任司马的第三年中秋时节，他来到附近的桃源赏月。全诗可分作两层。每八句为一层。诗的前八句是写他的赏月活动。本来在尘世中赏月，就可获得清明超然之感，但是他此次是来到神仙所居的洞天府地。"仙府"照应诗题中"桃源"。自有了陶潜《桃花源记》，这里便被人们视作仙境。以下六句写作者站在山顶赏月时所见。天高地远，一望千里，视界开阔；山上的高大的松树和山下的江水，历历在目；万物的动静，一览无余……而这一切，都在如水的月光照耀下，通体明彻。这是人间还是仙境？因此后边八句，作者叙事，写了他的一次亦真亦幻地与神人的交会。"少君"四句写他的飘飘欲仙。有道士来接他上殿登坛，在月光之下对着天上的仙官顶礼膜拜。于是，仙车欲下凡来接，连星斗在仙车的轧轧之声中也摇摇欲坠，况且天上突然传来一声仙乐嘹亮，让他彻骨生寒。正在这恍惚之间，天渐渐亮起来了，仙人们也该打道回府了。但是诗人似还心有不甘，仍在张望着仙人仙车的背影。最后两句是他的感慨之词。这种良辰美景，今生今世，不知什么时候还能再次碰上。上半部分的写景，突出了恍若仙境的特点，后半部分又写了他游仙的感受，前边铺垫，后边坐实，前后结合，浑然一体。

五、中秋节

【作者简介】

　　元稹（779—831），唐诗人。字微之，河南洛阳人。早年家贫，十五岁明经及第，后又中拔萃科，授左拾遗，再任监察御史，因得罪官僚贬江陵士曹参军。后又拜相，不久，出为刺史。卒于武昌军节度使任所。与白居易友善，同为新乐府运动的倡导者，彼此唱和，世称元白。有《元氏长庆集》。

酬乐天中秋夜禁中玩月见寄[1]

唐·元　稹

一年秋半月偏深[2]，　况就烟霄极赏心[3]。
金凤楼前波漾漾[4]，　玉钩帘下影沈沈。
宴移明处清兰路，　　歌待新词促翰林。
何意枚皋正承诏[5]，　瞥然尘念到江阴[6]。

【注释】

　　[1]"酬乐天"句：白居易有《八月十五日夜禁中独直对月忆元九》诗："银台金阙夕沈沈，独宿相思在翰林。三五夜中新月色，二千里外故人心。渚宫东面烟波冷，浴殿西头钟漏深。犹恐清光不同见，江陵卑湿足秋阴。"此诗即酬和之作。乐天，白居易，字乐天。唐贞元十五年进士，元和年间任翰林学士。本诗中翰林即指白居易。禁中，宫中。翰林学士须轮值宫中，以备皇帝召用。玩月，赏月。

　　[2]秋半：秋季过半之时，即中秋。

　　[3]就：靠近意。烟霄：云霄。喻显赫的地位。

　　[4]金凤楼：南朝齐时宫中有金凤台，由铜雀台改名。此处代指宫中。

　　[5]枚皋：约生于公元前156年，卒年不详。枚乘庶子，字少孺。自幼受父熏陶，爱好文学，善于辞赋。汉武帝召见他，见他得到枚乘赋

学真传,便拜他为郎中,随侍左右,与司马相如、东方朔等平列。每行幸、巡狩、游历,必诏枚皋侍从,如有所感,即令其作赋。枚皋作赋,速度快得惊人,远远超过了司马相如,当时有"枚速马迟"之称。他才思敏捷,一挥而就,又有"马上文"之称。这里,枚皋指代白居易。

[6] 瞥(piē)然:忽然;迅速地。　江阴:本指江之南。此指江陵。

【赏析】

中秋玩月之风,据清人研究,起于唐朝开元年间,在中唐时已相当盛行。元和五年(810)诗人三十二岁时,在京中任监察御史。他为劾贪官河南尹房式事,受到内外权臣忌恨,贬官江陵府士曹参军。白居易等人上疏论救,但是没有任何作用。八月十五日,白居易写诗相赠,这首诗是作者在江陵任上的和诗。因白诗多写他本人中秋在禁中的所见所感,故这首诗添油加醋,又对白居易现今活动做了进一步的描述。首联是对白居易"银台金阙夕沈沈"的答复。意谓月到中秋分外圆,况且你老兄在云霄之上赏月,更是惬意至极。颔联和颈联都是悬想白居易中秋之夜在官禁中的作为。颔联是写白居易所处的环境,颈联则是想象中秋之夜对方的活动。他经过清扫过的兰花丛中的小路,随驾将宴席移到宽敞之处以便赏月,皇上也会催促他这位大才子写出新的歌词以便即席演唱。尾联是说,你先生正在秉承圣旨做这些事,怎么忽然想到在江阴的我这个小人物?以对白居易"犹恐清光不同见,江陵卑湿足秋阴"作答。语气诙谐,略带调侃。

仔细玩味诗意,除了能体会到两人不拘形迹的深厚友情外,是否还能读出他对老友的一丝妒忌之情,还有几缕对自己受到的不公待遇的不平之慨?

【作者简介】

见前。

五、中秋节

中秋夜同诸客玩月

唐·白居易

月好共传唯此夜,境闲皆道是东都[1]。
嵩山表里千重雪,洛水高低两颗珠[2]。
清景难逢宜爱惜,白头相劝强欢娱。
诚知亦有来年会,保得清明强健无。

【注释】

［1］东都：历代王朝在原京师以东的都城。隋唐时指洛阳。时京都在长安。

［2］洛水：河名。发源于陕西洛南，流经洛阳等地入黄河。

【赏析】

诗写于大和八年（834），诗人时年六十三岁，在洛阳任太子宾客分司。中唐时，东都洛阳的官职通常用来安置闲散官员，即官员领取俸禄，却无所事事。在这种生活状态下，作者在中秋节时约了友人一起赏月。月光照耀下嵩山的层峦叠嶂，银装素裹，像披着雪衣；而洛水高低的两段河道里，分别出现了月亮倒影，如同两颗明珠。写景朴实无华且异常真切。后边四句是作者与一同赏月者的共勉之词：得赏景时且赏景，该欢乐处便欢乐，都这么大岁数了，天知道还有多少次这样的良辰美景！不及时享乐，明知来年还有这样的嘉年华会，但是谁能保证自己还耳聪目明，身体强健？作者经历了一生的大起大落，晚年生活较为安逸，加之常读佛经，因此心境较为平和。这首诗便是这一时期他生活和心境的写照。

【作者简介】

许浑，唐诗人，生卒年不详。字用晦，一作仲晦，润州丹阳（今属江苏）人。所居近丁卯桥，故人称许丁卯。大和进士，官虞部员外郎，睦、郢二州刺史。自少苦学多病，喜爱林泉。与杜牧、李频等友善，有诗唱和。其诗长于律体，多登高怀古之作。有《丁卯集》。

中秋夜玩月，时在义林寺

唐·许 浑

待月东陵月正圆[1]，广庭无树草无烟。
中秋云静出沧海，半夜露寒当碧天。
轮影渐移金殿外，镜光犹挂玉楼前。
莫辞达旦殷勤望，一堕西岩又隔年[2]。

【注释】

[1] 东陵：即东陵道。指长安城东门外大道。因曾为秦东陵侯邵平种瓜处而得名。一说，因长安东门外有汉文帝霸陵而得名。

[2] 西岩：即西山。

【赏析】

从诗中所写看，作者正在京中。许浑两次入京做官，均是监察御史。中秋在京，一次在唐武宗会昌二年（842），一次在唐宣宗大中三年（849）。但第二次据他自己说"抱疾不任朝谒，坚乞东归"，看来病得不轻，心情也很恶劣。而这首诗里写了他彻夜赏月，且心境怡然，所以应该写于会昌二年。此时朝廷内外没有大的变故，诗人可能消消停停地享受这中秋美好的月光。诗中颔联"中秋"两句写得最好。首先是气魄宏大，将整个天宇作为自己泼洒笔墨的纸张；第二，含蓄蕴藉，耐人寻味。主要就是用了"出"和"当"这两个字，读者仔细思索后，才能琢磨出两句的主语原来是月亮。无一句及月,但是闭上眼睛,也可觉得月光无所不在,清光逼人。后边四句写了作者彻夜的赏月活动,以及天将放与明月告别时依依不舍的心情。

【作者简介】

李商隐(812—约858),字义山,号玉溪生,怀州河内(今河南沁阳)人。开成二年(837)进士,曾任秘书省校书郎、弘农尉和节度使判官等职。因受牛李党争影响,在政治上受人排挤,一生困顿失意。诗歌擅长律绝,富于文采,风格凄艳,然用典太多,旨意隐晦。有《李义山诗集》。

嫦 娥[1]
唐·李商隐

云母屏风烛影深,长河渐落晓星沉。
嫦娥应悔偷灵药,碧海青天夜夜心[2]。

【注释】

[1] 嫦娥:据《淮南子·览冥训》:"羿请不死之药于西王母,姮娥窃以奔月。"高诱注"姮娥,羿妻。羿请不死之药于西王母,未及服之,姮娥盗食之,得仙,奔入月中,为月精也。"汉人因避汉文帝刘恒名讳,改姮为嫦,后人因之。

[2] 碧海青天:天水一色,无限辽远。形容嫦娥夜夜在广寒宫,看着空阔的青天碧海,心情孤寂凄凉。

【赏析】

这首诗本与中秋没有多少关系,但是既然中秋赏月,嫦娥这位住在月宫里的仙女自然会引发人们无穷的遐想,成为永恒的话题。诗的构思奇妙。作者完全将自己对象化为嫦娥了，想象她此时此刻的所见和所思。前两句写嫦娥所见之景。所居的月宫内云母石镶嵌的屏风，在昏暗的灯烛之光照射下，拖出长长的影子；而放眼宫外，银河渐渐地落下地平线，星光也在晨曦中暗淡下来。从"渐"字可见，这位仙女又度过了一个不眠之夜。人们一直把月宫作为仙境心向往之，将嫦娥视作长生不老的仙姑加以崇拜，但是作者却突发奇想地将她想象得非常不幸，广寒宫里太寒冷，那里没有他人，没有爱情，没有家庭，没有天伦之乐，嫦娥，你后悔当年偷灵药成仙吗？自作者这样设想过后，宋代大文豪苏轼也设想自己欲飞升成仙，进住月宫，但是"又恐琼楼玉宇，高处不胜寒"，因而主动放弃。可见这首诗的影响实在是不容小觑。

【作者简介】

　　曹松（约830—约902），字梦征，舒州（今安徽潜山）人。早年栖居洪都西山，后往依建州刺史李频。唐昭宗天复元年（901）七十余岁中进士。曾官秘书正字。诗多旅游之作。风格学贾岛，取境幽深，工于铸字炼句。《全唐诗》录其诗二卷。

中秋对月
唐·曹　松

无云世界秋三五[1]，共看蟾盘上海涯[2]。
直到天头天尽处，不曾私照一人家。

【注释】

　　[1] 秋三五：三五，指农历月之十五日。秋三五，即八月十五中秋节。

　　[2] 蟾盘：比喻圆月。传说月中有蟾蜍，因以蟾指月。

【赏析】

　　晚唐时，诗人贾岛苦心孤诣推敲诗句，风格峻峭幽深，因此有"郊寒岛瘦"之称。但是贾岛之诗也并不总是"鸟宿池边树，僧敲月下门"那种风格，也有脱口而出的爽利，如"秋风吹渭水，落叶满长安"之类。曹松学贾岛，看来连这一点也与贾岛类似。这首诗除了"秋三五"和"蟾盘"略显生涩外，其他的句子不失明利。尤其是"直到天头天尽处，不曾私照一人家"两句，不仅是明白如话，而且还寄托了作者的美好祝愿，似乎能读出几丝"大庇天下寒士共欢颜"的味道，表现出他的博大胸怀。看来大白话也能写出好诗。

【作者简介】

　　范仲淹（989—1052），北宋大臣、文学家。字希文。苏州吴县（今属江苏）人。大中祥符进士。曾任西溪盐官、陕西经略安抚招讨副使，兼知延州，参知政事等职，政治上十分积极。罢政后出任陕西四路宣抚使。于赴颖州途中病死。谥文正。所作散文富于政治内容；词传世仅五首，风格明健，善写塞上风光。有《范文正公集》。

依韵酬叶道卿中秋对月二首[1]

北宋·范仲淹

（一）

天遣今宵无寸云，故开秋碧挂冰轮[2]。
诗人不悔衣沾露，为惜清光岂易亲。

（二）

孤光千里与君逢，最爱无云四望通。
处处楼台竞歌宴，的能爱月几人同[3]。

【注释】

[1] 叶道卿：叶清臣（？年至 1051 年左右），字道卿，苏州长洲人。天圣二年（1024）举进士。授太常寺奉礼郎签书，苏州观察判官。宝元初（1038）为两浙转运副使，知永兴军。仁宗御天章阁，召公卿问当世之务。清臣极论时政阙失，言多切劘权贵。擢翰林学士，权三司使。罢为侍读学士，知河阳卒。有文集一百六十卷。

[2] 秋碧：指秋日澄碧的天空。冰轮：月亮。

[3] 的能：的，音 dí。真实，实在之意。的能，即真正能够的意思。

【赏析】

作者和叶清臣都属北宋仁宗朝推动变法的重臣，堪称是志同道合。中秋之夜，叶清臣写诗相赠，诗人奉和作答。这两首诗托物言志，借歌咏月色表达了高洁超拔的气节和努力奋发的志向。第一首是咏月。前两句写出中秋景色：长空清碧如洗，朗月高悬，清光普照，万籁俱寂。写景的主体无疑是月亮。而后两句则是叙事抒情。夜色已深，露水沾衣，但是诗人毫无倦怠畏寒之意，这是因为月色太过美好，如果能与之相亲相近，那些事情都算不了什么。其后的潜台词是对对方人格的期许与赞美。

第二首是寄人，写出两人深厚的交情。前两句是写两人的相知。在这孤光万里的景色中，风云际会，我们相逢，而这万里无云的环境，也恰成为我们没有任何隔阂，心心相印的见证。后两句是感叹世人虽然都在赏月，但是没有什么人能真正像他们两人这样真正爱月，与月光同化。在这里，月亮成为一种虔诚的政治理想，一种高尚的人格追求，一种至善的人生境界的替代物。

这两首诗，写作上各有侧重；前首重在写月，但是人的形象隐约其中；后首重在写人，但是月亮的清光无所不在。并且两首有共同的主题。堪称是珠联璧合，相得益彰。

【作者简介】

晏殊（991—1055），北宋词人。字同叔，临川（今属江西）人。景德进士。庆历中，官至集贤殿学士、同平章事兼枢密使。北宋名臣范仲淹、欧阳修等均出其门。谥元献。诗属"西昆体"，词则承袭五代，尤受冯延巳影响。擅长小令，多表现士大夫诗酒生活及悠闲情趣。语言婉丽，音韵和谐。有《珠玉词》。

中秋月

北宋·晏　殊

一轮霜影转庭梧[1]，此夕羁人独向隅。

未必素娥无怅恨[2]，玉蟾清冷桂华孤[3]。

【注释】

[1] 霜影：月影，月光。

[2] 素娥：即嫦娥。神话传说中嫦娥窃药奔月，成仙后留在月宫。因月色白，故云素娥。

[3] 玉蟾：传说中月宫里有蟾蜍，故常作为月亮的别名。　桂华：树名，即木犀。传说月宫里有桂华树。故常指代月亮。

【赏析】

自李商隐写过慨叹嫦娥在月宫里孤独的诗歌之后，这个题材常被后来的诗人涉猎。这首诗的构思与李作很相似。前两句写人间的别离之痛。中秋之夜，月亮的轮圆象征着人间团圆，全家一起喝酒食果赏月，是天伦之乐。但是人有悲欢离合，在所难免。因此孤身在外的游子，只能向隅而泣，聊解海天之隔的思念。后两句则是悬想天上月宫情景。嫦娥也与游子一样孤独吧，身边没有亲人，只有蟾蜍相伴，桂树厮守。而多情的她，恐怕更是怅恨无限吧。作者是著名诗人，这首诗从写作看，也很有特点。诗人将写景的句子安排在第一和第四句，同是写月亮，但首句写月光,重在光照人寰;四句写月亮本身,重在写仙境气氛,两句之间既自成一统,又通过银白的月光关联起来。而二三两句写人,二句写人间之男子,三句写月官之仙女,虽然身份大不相同,但是通过"独"字,使两人境同此遇,心同此感,天上人间有了一致之处,从而为全诗涂抹上一重和谐的凄伤色彩,读来很美。

【作者简介】

宋祁(998—1061),北宋著名诗文作家。字子京,安陆(今属湖北)人,后迁开封雍丘(今河南杞县)。天圣二年,与兄庠同试进士中第,时称"二宋",并有文名。曾官翰林学士、史馆修撰。与欧阳修等合修《新唐书》,书成,进工部尚书。谥号景文。其诗词多写个人生活琐事,语言工丽,描写生动。因有名句"红杏枝头春意闹",世称"红杏尚书"。《全宋诗》录其诗二十二卷,《全宋文》录其文五十卷。《宋史》有传。

中秋夜不见月二首

宋·宋祁

(一)

天上浮云不肯归,凭轩坐惜桂华西[1]。
一年此夕无穷恨,只是城鸦得稳栖。

(二)

万里重阴晦玉轮[2],兔孤蟾远托霄垠[3]。
世间未必皆同恨, 亦有居心不净人。

五、中秋节

【注释】

[1] 桂华：同"桂花"。

[2] 晦（huì）：动词，意为掩蔽、隐秘。玉轮：比喻明亮的圆月。

[3] 兔孤蟾远：因夜黑人们无法赏月，而使得月中白兔与蟾蜍显得孤寂和远离人间。

【赏析】

中秋本是赏月之时。天上皓月当空，人们或登高临远，或泛舟湖上，或聚合院落，或平畴野餐。文人雅士，何妨吟诗作赋，赏歌观舞，夫何乐之可及？但是这些都要在一轮朗月的照耀下才可行。诗人偏偏碰上个没有月的中秋，该是多么晦气。诗是两首，但是可以一以贯之的阅读。上首是写作者自己急于赏月，但老天爷不帮忙，浮云不散，只能坐在桂花树西边唉声叹气。想到这一晚上给自己带来的无边烦恼，竟让他发现了还有动物为此高兴呢。原来是城上的乌鸦，没有月光的滋扰，正好安心睡个好觉！

第二首是接着上首的意思往下说。前边两句还是写月光不现的景色。后两句议论，说并非所有人都为月亮不出而惋惜，因为有人心术不正，最怕光明，他们当然乐得月亮不出了。

两首诗结构一样，都是前两句写月亮未出之景，后两句议论，前首是讲乌鸦，后首是讲小人。宋人作诗爱发议论，往往能从日常生活现象发现哲理。这两首诗所寓之理是，不可能所有人都对好事大唱赞歌，因为这些好事不合他们的阴暗心理，强求一律，既不可能，也无必要。

【作者简介】

苏轼（1037—1101），北宋大文学家、书画家。字子瞻，号东坡居士，眉山（今属四川）人。嘉祐进士。因反对王安石新法，以作诗"谤讪朝廷"罪贬谪黄州。哲宗时任翰林学士，曾出知杭州、颍州等，官至礼部尚书。后又贬谪惠州、儋州。卒后追谥文忠。学识渊博，喜奖掖后进。一生处于政治夹缝当中,屡受排挤;惟文艺成就全面而突出。诗文有《东坡七集》等。

八月十五日看潮[1]

宋·苏 轼

定知玉兔十分圆[2],已作霜风九月寒。
寄语重门休上钥[3],夜潮留向月中看。

【注释】

[1] 潮:即钱塘潮。钱塘江口状如喇叭,由外而内急剧收缩,加上深度变浅,江水在自然潮汐的作用下便形成巨大涌潮,以农历八月十八日前后最为壮观。

[2] 玉兔:神话传说月宫里有白兔。故借指月亮。

[3] 重门:重关之门。指(杭州)城门。因观潮最佳处在城外盐官(今浙江海宁县盐官镇),故曰"休上钥"。

【赏析】

这首诗写于宋神宗熙宁六年(1073),作者正任职杭州。王安石变法正如火如荼,他对此心怀不满,因此主动要求外任,在两年前来杭州当了通判。这首诗未及一言涉政。前两句纯属猜想之词,八月十五到了,月亮一定分外圆,天气也终于凉下来了,江风已像九月深秋般的有些刺人。后两句是他以地方官员的身份向掌管城门的武士下令,不要早早锁上城门,让官员百姓们看看夜潮的汹涌壮观吧。作者是个儒生,尽管道家和禅宗的出世精神对他有深刻的影响,但是儒者爱人的情怀,终其一生没有改变。这首小诗单看起来,并无多少精妙之处,但是一与作者的爱民情怀结合起来,便让人有几分感动。

五、中秋节

【作者简介】

孙介（1114—1188），宋代诗人。字不朋，号雪斋野叟，余姚（今属浙江）人。以教授自给，不事科举；发奋力学，至老不倦。喜为诗，诗风平易自然，颇有闲逸之趣。《全宋诗》录其诗二十首。

丁未孟秋夜月明如中秋，因思范公守南阳赏月及坡公赤壁之游皆七月望也，作短歌记之[1]

宋·孙 介

先生赤壁舟中赋，　老子百花洲上歌[2]。
古人不负此明月，　今我当如此月何？
连宵风雨暑欲尽，　碧玉万里谁新磨[3]。
冰盘无声出海底，　荡漾六合生金波[4]。
早秋便得许奇绝，　探借八月清光多。
天公赐我美无价，　樽酒不设羞嫦娥。
人生看月几时足，　百年寒暑如飞梭。
两公却与月长在，　声名万古流江河。
梦生羽翼不可逐[5]，　想象风景空吟哦。
洞箫长笛亦何有，　拂衣起舞聊婆娑。

【注释】

[1] 丁未：此处指宋孝宗淳熙十四年（1187）。　孟秋：秋季的第一个月，即农历七月。　范公守南阳：北宋名臣范仲淹在庆历五年（1045）任邓州知州，作《中元夜百花洲作》。　坡公赤壁之游：宋神宗元丰二年（1079）苏东坡因作诗反对变法下狱，随后被贬为黄州（今湖北黄岗）团练副使。元丰五年（1072）七月即望（十六日）在黄

州作《前赤壁赋》。　　七月望：农历七月十五日，望，指月满。

　　[2]"先生"句：指苏轼被贬黄州（今湖北黄冈），曾两次游赤鼻矶，写下两篇《赤壁赋》。

　　[3] 碧玉：指月亮。后句"冰盘"，亦指月。

　　[4] 六合：指上下前后左右六个方位，泛指天地宇宙。

　　[5] 梦生羽翼：即庄周梦蝶。典出《庄子·齐物论》："昔者庄周梦为胡蝶，栩栩然胡蝶也，自喻适志与！不知周也。俄然觉，则蘧蘧然周也。不知周之梦为胡蝶与，胡蝶之梦为周与？"后遂以庄生梦蝶比喻梦中乐趣或人生变化无常。

【赏析】

　　这首诗本不写于中秋之夜，而是写于中元节即七月十五。玩月赏月赋月本应在一个月后，但是今天月光分外明亮，颇值玩赏。诗的前四句是讲自己中元赏月的由来，以及赏月之乐的。诗的前两句便是说中元赏月，传承有自。他想起了两位伟大的前人苏轼和范仲淹都曾在中元节赏月，因而吟诗作赋。苏轼的《前赤壁赋》中说："壬戌之秋，七月既望，苏子与客泛舟于赤壁之下。"范仲淹《中元夜百花洲作》云："南阳太守清狂发，未到中秋先赏月。百花洲里夜忘归，绿梧无声露光滑。"将范仲淹称为老子，还有段故事。他曾以龙图阁直学士与夏竦经略陕西，号令严明，夏人不敢犯，羌人称为龙图老子，夏人称为小范老子。想到这里，诗人马上心里坦然了。在这月朗星稀，清光环彻之时，再不赏月，对不起古人，更对不起自己。接下来的四句，全写月景。先写气候的宜人，再写天空如同磨好的碧玉一般清澈，这都为月亮的出现和赏月的惬意，做足了铺垫。下来便是海上生明月。天地六合之间月光荡漾，无所不在。再下来的四句是对月光的赞叹：刚刚入秋，便有这样的皓月，莫非是提前预支了八月十五？"天公"二句，照应"今我"句，将其铺叙得更为具体，不饮酒赏月，还不仅是对不起苏范二公，连在嫦娥面前都有愧。诗的后八句是讲自己对两位古人的心向往之，但又莫可追及。从屈原《天问》开始，明月永恒而人生短暂，成为历代文人咏月诗的主题。有人淡然,有人惨然,有人超然,更有人产生及时行乐之想。诗人想到的是人生虽然短暂,但是能够如同二公那样,青史留名,也就与明月一样,获得了永远的生命。他清楚地知道,这对自己来说是无法企及的。但是如果也像二公那样,忘怀得失,无心功名,乐得在青山、明月、清风、江水中陶然,不也能获得心灵的不朽吗?这八句分为两层,前一层写对二公的高山仰止,后一层写自己在生活方式上与二公的等量齐观。

这首诗写于南宋初期,统治者无意收复北方,宋金对峙的局面已经形成。范仲淹曾在抵御异族侵扰方面,战功赫赫;而苏轼也写下过"西北望,射天狼"那样豪情万丈的诗句。但是在苟且偷安成为基本国策的时候,作者除了赏月时追念这两位前人,佯做超脱,还能做什么?诗里的这层意思,还须细心体会。

【作者简介】

范成大(1126—1193),南宋诗人。字致能,号石湖居士,吴郡(今江苏吴县)人。绍兴进士。历任处州知府、四川制置使等职。曾使金,坚强不屈,几被杀。晚年退居故乡石湖。其诗题材广泛,田园诗描写农村风光和民生疾苦,较为突出。与陆游、杨万里和尤袤齐名,称南宋四家。又工词。有《石湖居士诗集》《石湖词》等。

鄂州南楼[1]

南宋·范成大

谁将玉笛弄中秋,黄鹤飞来识旧游[2]。
汉树有情横北渚,蜀江无语抱南楼。
烛天灯火三更市,摇月旌旗万里舟。
却笑鲈乡垂钓手,武昌鱼好便淹留。

【注释】

[1] 鄂州：即今湖北武汉武昌。

[2] 黄鹤：武昌长江边有黄鹤楼，唐人崔颢有《黄鹤楼》诗："昔人已乘黄鹤去，此地空余黄鹤楼。"

【赏析】

　　这首诗写于宋孝宗淳熙四年（1177）中秋，时年作者五十二岁。此前，他任成都路制置使，以重病请辞职任，回乡休养，得到朝廷批准。八月十五日，他正在鄂州，心系田园生活："归田园，带月荷锄，得遂此生矣。"首联写了一个美丽的神话。此地有个辛氏女子开酒店，有位道士为感念她的千杯之恩，临走前在墙上画了一只黄鹤。此鹤时常下来跳舞助兴，故宾客盈门，生意兴隆。十年后，道士复来，取笛吹奏，跨鹤飞去。辛氏便在此地建楼纪念。诗人问道，今夜又有人吹响了玉笛，黄鹤是否再来旧地重游？但是看来"黄鹤一去不复返，白云千载空悠悠"。二三两联都是写楼上看到的江上景色。颔联写入夜之景。首句还是用崔颢诗中的典故"晴川历历汉阳树"，江北汉阳的树木，似也对仙人仙鹤含情脉脉，依依不舍的齐聚江边；而从脚下流过的长江之水，尽管无语，但也环抱着这仙境一般的地方。作者刚离蜀地，看到从那边流来的长江做此联想，也很正常。颔联写后半夜之景。江边已有渔夫和商人在通明的灯火中交易早市上的鲜鱼，而有些急着赶路的船也已启航。"烛天灯火"写市上的热闹，用"摇月旌旗"描写中秋舟行摇碎月影，一俗一雅，但同样充满了画意。最后两句是自况自嘲。作者的家乡在苏州，那里盛产江南美味鲈鱼，而他此次辞官，就是为了回到家乡过太平日子。但是现在却放下不管，情愿让自己这个擅长钓鲈鱼的高手，留在这里钓食武昌鱼。武昌鱼是鄂州著名美食，唐代诗人岑参赞道："秋来倍忆武昌鱼，梦著只在巴陵道。"可见作者对这个美丽的江滨城市的依恋。

【作者简介】

张孝祥（1132—1170），南宋爱国词人。字安国，号于湖居士，乌江（今安徽和县乌江镇）人。绍兴进士，官荆南、湖北安抚使。其词风格豪迈。颇有感怀时事之作。有《于湖集》。

念奴娇·过洞庭[1]

南宋·张孝祥

洞庭青草[2]，近中秋，更无一点风色。玉鉴琼田三万顷[3]，著我扁舟一叶。素月分辉，明河共影，表里俱澄澈。悠然心会，妙处难与君说。

应念岭表经年[4]，孤光自照，肝胆皆冰雪。短发萧骚襟袖冷，稳泛沧溟空阔。尽挹西江[5]，细斟北斗[6]，万象为宾客。扣舷独啸，不知今夕何夕！

【注释】

[1] 念奴娇：词牌名。因有百字，故亦名《百字令》。有平韵仄韵两体，常用者为仄韵。

[2] 青草：与洞庭湖相连之湖。

[3] 玉鉴：即光洁的玉镜。此处比喻皎洁的月亮。琼田：传说中种玉之田。这里形容莹洁如玉的洞庭湖。

[4] 岭表：指岭外。指五岭以南地区。

[5] 挹（yì）：舀，把液体盛出来。

[6] 北斗：北斗七星排列成斗勺形，因以喻酒器。

【赏析】

中秋将临，作者路过洞庭湖，在湖上赏月，诗兴大发，发而为词。张孝祥词风接近苏轼，这首词很像是苏轼名作《前赤壁赋》的缩写版。

张孝祥出自汤思退之门,曾受到汤的举荐提拔。但后来他却反对汤思退的议和主张,而支持主战派将领张浚的北伐,因而不断受到主和派的诽谤、打击。他曾任知静江府(治今广西桂林)兼广南西路经略安抚使,以进言主战罢官。这首词是乾道二年(1166)因受谗毁罢官后自桂林北归的途中所作。

    词的上阕写洞庭湖月下的景色以及词人泛舟湖上的心境。"洞庭青草"到"表里俱澄澈",描写的中秋之夜洞庭湖上的美景。风本无所谓色,作者用"风色"一词,意在强调空间时间的仿佛凝固静止,为下文的"澄澈"预留一笔。用"三万顷"与"一叶"对比,显示出宇宙的寥廓与个人的微渺,对下片凸显抒情主人公形象的雄伟,起预衬作用。"素月"两句写得甚好,皎洁的月光和明亮的银河,在湖面上形成倒影,好似分身,令人有置身天宫之感。"表里俱澄澈"一句过渡,表面上看承上,是说天上的月亮和水中的月光,同样光明澄净,暗中是说自己与眼前的世界一样,从外到内澄明通透,为下阕作伏。最后两句为上阕作结:这样美好的景色,怎能用语言描述出来?"悠然"描写了作者闲适自得的样子,表示心与境合是自然而然发生的,没有任何勉强的成分在。

    下阕抒发作者本人坦荡磊落的胸襟抱负。"应念"三句是回忆自己任官的经历。他因主战,多次受到打击。在蛮荒的岭南任职,却仍难以避免罢官的恶运。自己处世如引月光相照,一片冰心在玉壶。"肝胆皆冰雪"巧妙地照应了"表里俱澄澈"。"应"犹"因"。下边转为对现实处境的描写。念及自己的处世,他似略有冷落之感。"萧骚"是形容头发稀少。在这天水一气中,也不觉身上寒意顿生。这既有生理上的寒凉,更有心理上的孤危。但是,词人的气概未因此而稍减,"稳泛沧溟空阔"!这与上文的"著我扁舟一叶"形成了天壤之别的对比。这是因为作者主观情绪发生了变化所致,前边重在赏景,这里重在言情,因情绪而导致眼中之景的巨变。正因这种情绪上的变化,他感到了主观人格的无边扩张,成为无穷宇宙的主人。用北斗星当斟酒之勺,舀尽西来长江之水作酒,请来天地万物当宾客,进行一次史无前例的盛大宴会。最后两句是兴犹未尽之语。作者又从想象中回到现实中,但是豪兴未减。收束得非常轻松且自然。"不知今夕何夕",照应开头的"近中秋"。不是不知何夕,而是心境的洒脱豪迈,自由自在,根本不管它是什么时候。

【作者简介】

见前。

满江红·中秋致远[1]
南宋·辛弃疾

快上西楼,怕天放[2],浮云遮月。但唤取,玉纤横笛[3],一声吹裂。谁做冰壶浮世界[4],最怜玉斧修时节[5]。问嫦娥、孤冷有愁无。应华发。

云液满[6],琼杯滑[7]。长袖起,清歌咽。叹十常八九,欲磨还缺。若得长圆如此夜,人情未必看承别[8]。把从前,离恨总成欢,归时说。

【注释】

[1] 满江红:词牌名。双调,常用为九十三字。有仄韵和平韵两体。仄韵一般用入声。南宋姜夔始创平韵体,但用者不多。

[2] 放:放出。此句应与下句连读。

[3] 玉纤:纤细如玉的手指。多指美人之手。唐温庭筠《菩萨蛮》词:"玉纤弹处珍珠落,流多暗湿铅华薄。"

[4] 冰壶:盛冰的玉壶。此处喻指月亮。

[5] "玉斧"句:即指玉斧修月的传说。传说唐太和中郑仁本表弟游嵩山,见一人枕襆而眠,问其所自。其人笑曰:"君知月乃七宝合成

乎?月势如丸,其影,日烁其凸处也。常有八万二千户修之,予即一数。"因开襆,有斤凿数件。后因有"玉斧修月"之说。

[6] 云液:古代扬州名酒。亦泛指美酒。唐白居易《对酒闲吟赠同老者》:"云液洒六腑,阳和生四肢。"

[7] 琼杯:美玉制成的酒杯。

[8] 看承:即看待,对待。

【赏析】

  词的写法通常是上片写景,下片抒情。从北宋中期开始,这种格式多被打破,但是词人们自觉不自觉地会受到一些影响。总之,上下片写作的重点会有些侧重。这首词上片以写月亮为主。前六句是一层意思。写自己赏月前的心理活动。天气向晚,欲上西楼,最担心的事是浮云遮月,因此有了唤来美人吹笛,裂开浮云之想。接下来的五句是写词人赏月时的心理活动。天遂人愿,浮云散去,月光如银。"谁做"与"最怜"两句从意思上看,应互相置换,即是谁施出妙手使用玉斧,做出了这样冰清玉洁的月亮。既然赏月,不得不想到月中的嫦娥。从远古时她奔上月亮开始,经历劫波无数,一直过着孤苦伶仃的日子,虽属仙子,但也应是生华发了吧?词的下片以写自己的活动为主。前四句写中秋之宴,观舞听歌。用了"咽"字,顿使全词有种凄苦的情调。后边七句是另一层意思:感叹人间好事难圆,同时也表达了美好的人生愿望。人生不如意者常八九,就像铜镜,想磨亮时,却又残缺。但是只要有像今日的明月相伴,离恨也许不再是那样令人煎熬难耐了。人们可以把种种离愁别恨打包,在归来时的月圆之夜娓娓道来,或许还是种美好的回忆呢。

  这首词写作上有两个特点值得注意。一是大量的关联性的词语的使用,如"快""但""谁做""最怜""问""应""叹""欲""若得""把"等,使得写景抒情中,有很强的叙事性,大大增强了全词的整体性;二是倒装语意的使用,除上述的"谁做""最怜"外,还有"离恨""归时",使词意回环,耐人寻味。

【作者简介】

白玉蟾（1194—1229），南宋琼州（今海南琼山）人，一说福建闽清人。又名葛长庚，字如晦，又字白叟，号海琼子。谙九经，能诗赋，长于书画。因任侠杀人，亡命武夷，为道士，漫游华南各地。嘉定中，应诏赴阙，馆太乙宫。后离去，卒于盱江。诏封"紫清真人"，世称"紫清先生"。有《海琼问道集》《海琼白真人语录》《海琼玉蟾先生文集》等。

中秋近愿晴
南宋·白玉蟾

秋天连夕卷烟云， 似为蓬蒿有滞人[1]。
驷马高车无梦想[2]，中秋但借一冰轮[3]。

【注释】

[1] 蓬蒿：蓬草和蒿草。亦泛指草丛，草莽。常借指荒野偏僻之处。"似为"句：唐李白《南陵别儿童入京》诗："仰天大笑出门去，我辈岂是蓬蒿人？"滞人，不得志之人。

[2] 驷马高车：指套着四匹马的高盖车。旧时形容有权势的人出行时的阔绰场面。也形容富贵显达。

[3] 冰轮：比喻月亮。

【赏析】

中秋将近，天色常晦。诗人一方面希望天色放晴，月轮毕现，另一方面，在想天阴的原因。诗的头两句就是他对天阴原因的认知。是老天爷认为，世上仍有大才之人未能得到官家的重用，因此他用天阴来提醒当局者。很明显，他是为自己的命运鸣不平。白玉蟾并非是个两耳不闻世上事的出家人，他的入世心很强。嘉定十五年（1222）他曾赴临安，伏阙上书,言天下事,"沮不得上达,因醉执逮京尹,一宿乃释。"事后臣僚上书说他妖言惑众。后两句是说他的愿望:并不想当高官,乘四马拉的高车,而只是中秋借皎洁的月光一用。用月光干什么,度人成仙,还是给天下人以美好的祝福?他没有明言,我们也不好猜了。

【作者简介】

汪元量(1241—1317?),南宋诗人。字大有,号水云,钱塘(今浙江杭州)人。原为宋宫廷琴师。元灭宋,随三宫被掳北去,基于亲身体验,写了许多纪实的诗篇。后回杭州为道士。有《水云集》《湖山类稿》。

唐多令·吴江中秋[1]

南宋·汪元量

莎草被长洲[2],吴江拍岸流。忆故家,西北高楼。十载客窗憔悴损,搔短鬓,独悲秋。

人在塞边头,断鸿书寄不[3]?忆当年,一片闲愁,舞罢羽衣尘满面[4],谁伴我、广寒游。

【注释】

[1] 唐多令:又名《南楼令》。双调,六十字,平韵。 吴江:别称吴淞江,即今苏州河。绵延百余公里,犹如一条玉带,将太湖与上海连接起来。

[2] 长洲:古苑名。故址在今江苏省苏州市西南,太湖北。春秋时为吴王阖闾游猎处。

[3] 断鸿:失群的孤燕。 不:同"否"。

[4] 羽衣:指《霓裳羽衣曲》。唐代著名法曲,开元中河西节度使

杨敬忠所献。初名《婆罗门曲》。经唐玄宗润色并制歌词,改用今名。传说中亦有为唐玄宗登三乡驿,望女儿山及游月宫,密记仙女之歌,归而所作之说。虽荒诞不经,但每被诗人搜奇入句。

【赏析】

从词中描写的情景看,应写被元人掳去北方期间。元世祖至元十三年(1276),元兵攻破杭州,宋恭帝赵㬎、皇太后全氏、太皇太后谢氏先后被掳至大都,汪元量随谢氏北行。直到至元二十五年(1288)才被放归。从作品中"十年客窗"语看,应写于至元二十三年(1286)。全词均是写客愁思乡的情绪。从词格看,词的上片是二二三的句式结构,但从词意上看,却应是前三句为一层意思,后四句是一层意思。"忆故家"应放在词首,意谓回忆当年在江南的生活,那里山青水秀,风光明媚。以下四句是写他的现实处境。至元二十一年(1284),赵㬎被蒙古人迁往西北内地,词人随行,到达祁连山一带。所以有"西北高楼"之说。《古诗十九首》有"西北有高楼,上与浮云齐"一首,作者用这个典故,只是说明他登高临远,遥望故乡以抒思念之情。"独"字表达了漂泊十年后的难以忍受的孤寂之情。下片换头承上,一气贯注。与家人云水阻隔,音讯全无,"断鸿"句看似疑问,实则为否定。"忆当年"与上片"忆故家"遥相呼应,前边为空间的遥远,后边为时间的漫长,空间时间对自己与故乡的阻隔,成为难以逾越的屏障。因此用"一片闲愁"作结语,意即念也无用,徒惹恨愁而已。何以解忧?惟有起舞。但是此地远非江南之秀媚,而是黄沙远上白云间。一曲舞罢,蓬头垢面。"谁伴我"两句,承上"独悲秋"句,依然是茕茕孑立,形影相吊而已。

【作者简介】

陈允平,宋末诗人。生卒年不详。字衡仲,又字君衡,号西麓,鄞(yín,今浙江宁波)人。才高学博,放情山水。德祐时,授沿海制置司参议官,后曾入狱。元初以人才征至大都,托病辞归,隐居乡里。与周密、张炎等交注。能诗善词。著有《西麓诗稿》。《全宋诗》录其诗二卷,《全宋词》录其词二百零九首。

游仙曲[1]

宋·陈允平

中秋月正明,　夜半飞紫琼[2]。
拂袖天上去,　揽衣朝太清[3]。
缥缈黄金阙[4],迢遥白玉京[5]。
离离百宝幢,　袅袅九华旌。
箫韶起碧落[6],散花飘群英。
翱翔鸾鹤舞,　清彻云璈声[7]。
凌凌九霄寒,　风露薄青冥。
弱水三万里[8],仙路眇蓬瀛[9]。
不赴瑶池宴[10],相约董双成[11]。
吹笙骑凤凰[12],飞上芙蓉城[13]。

【注释】

[1] 游仙曲:即游仙诗。借歌咏仙境以抒发情怀志向。游仙,漫游仙界。

[2] 紫琼:指仙宫。道教崇尚紫色,常在其宫室、服饰、用物等前冠之以"紫"。琼,指琼楼。

[3] 太清:三清之一。道教所信奉的最高尊神是"三清",即玉清元始天尊、上清灵宝天尊和太清道德天尊。三清之下众神则以得道之深浅、功德之多寡而分为不同的等级和职守,最高者为玉皇。

［4］黄金阙：比喻月宫。

［5］白玉京：指天帝所居之处。

［6］箫韶：舜乐名。此处泛指美妙的仙乐。　碧落：道教语。指天空，青天。

［7］云璈（áo）：即云锣。打击乐器。《元史·礼乐志五》："〔宴乐之器〕云璈，制以铜，为小锣十三，同一木架，下有长柄，左手持，而右手以小槌击之。"

［8］弱水：古代神话称险恶难渡的河海为弱水。

［9］蓬瀛：蓬莱与瀛洲。神话中所传言的海上仙山，仙人居之。

［10］瑶池：传说中昆仑山上的池名，西王母所居。

［11］董双成：神话中西王母侍女名。

［12］吹笙：指子晋事。相传周灵王太子王子乔，字子晋。喜吹笙作凤凰鸣，被浮丘公引往嵩山修炼，后升仙。骑凤凰：指弄玉、萧史乘凤事。传说春秋时秦有萧史善吹箫，穆公女弄玉慕之，穆公遂以女妻之。史教玉吹箫作凤凰声，后凤凰飞止其家，夫妻俱乘凤凰飞去。

［13］芙蓉城：古代传说中的仙境。

【赏析】

　　从先秦开始，中国就有了神仙文化。秦始皇、汉武帝对此都相当痴迷。到了东晋时，有位术数家，也是诗人叫郭璞的，写了一组《游仙诗》专事想象去神仙境界中的事，从此就有了"游仙诗"这种题材的诗歌。李白就写过不少。这位诗人不知是做梦，还是文学想象，认为自己到过神仙世界里。这首诗便完整地记录了他的这次经历。诗的前四句是叙上天之事。一句实写，三句虚想。看到了八月十五的月光，便想象自己飞升入了天上的仙宫。"飞紫琼"与"天上去"是同义互文。还向太上老君稽首叩拜。"缥缈"到"袅袅"四句写天上宫阙景观，无非是黄金作室，白玉铺地，七宝楼台，彩旗飘飘之类。"箫韶"到"清彻"四句，是写仙界的生活，有声有色。仙锣敲响，箫韶之类的天籁不绝于耳，仙城飞花，鸾鹤起舞。作者把能想到的人间美事都放到了天上。但这种生活好像距我们的现实生活是不是太远了点?因此,"凌凌"到"仙路"四句就写了天界的特点以及人间与天界的渺隔。尽管那里美妙无比,但是太过清寂,风寒露冷,并非一般凡夫俗子所乐居。所以诗的最后四句,不愿去西王母的瑶池宴,只愿与服侍她老人家的仙女董双成双双私奔,像传说中的萧史、弄玉那样,去到芙蓉城那样的热闹且适合常人居住的仙境,好好过自己的小日子。整首诗用神仙生活与常人生活做比,表面上看来是赞美仙人生活,但实际上肯定了凡人生活的乐趣和美好,很富有人文色彩。全诗叙事写景,四句一层,有条不紊,眉目非常清楚。

【作者简介】

蔡珪(?—1146),金代文学家。字正甫,真定(今河北正定)人。天德进士,官礼部郎中。善诗能文。诗歌多描绘行旅生活,或抒写其闲适心情。元好问认为蔡珪是真正可作为金文学家的第一人。见《中州集·蔡珪小传》。

保德军中秋[1]

金·蔡 珪

定羌城下河南流, 定羌城上三层楼。
使君置酒劳行役[2], 今夕何夕当中秋。
孤烟落日明天末, 汹涌碧云俄暮合。
惺惺骑马雨中归[3], 造物戏人无乃虐。
纷如戍鼓方三更[4], 梦回一室还虚明。
出门惊笑遽如许[5], 浮云四卷秋天清。
谁家高会搴珠箔[6], 笑语声从云外落。

倦客明朝又短亭[7],行人何似居人乐。

【注释】

[1] 保德军:宋景德元年(1004)以定羌军改名。治所即今山西保德县。

[2] 使君:汉代称州刺史为使君,后世亦将州郡长官尊称使君。

[3] 惺惺:象声词。

[4] 紞(dǎn):敲击(击鼓)声。

[5] 遽(jù):急,仓猝。

[6] 搴(qiān):撩起,掀起。

[7] 短亭:旧时城外大道旁,五里设短亭,十里设长亭,为行人休憩或送行饯别之所。此处用如动词,指离别。

【赏析】

据《金史》载,诗人晚年曾任河东北路(治所在今山西太原)转运副使,保德军属其辖地。他巡视此地时恰逢中秋,便写了这首诗抒怀。全诗四句一换韵,构成了天然的四个层次。第一层和第二层的结构基本相同,都是前两句写景,第三句叙事,而第四句议论。"定羌城"两句,不仅写出了城池的景物,而且暗中点出了赏景地点,即城楼之上,而脚下浩荡的黄河正向南天流去。第三句点出了地方官员设宴相待之事,第四句则明言时令,使赏景和饮宴有了缘由。第二层的头两句写景如画。"孤烟落日"以古人名句写眼前之景,用典恰切。"大漠孤烟直,长河落日圆"之句,恰如为此时此景所写,而且又加上天边一缕亮色,更显景色的壮阔。但好景不长,须臾之间乌云密布,上下翻滚,遮天蔽日。"汹涌"句写出了北方特有的山雨欲来风满楼的动态过程。城下骑马人显然没有料到天气的急变,在大雨中的匆匆赶路构成了一道风景,因此作者感慨道,老天爷这样捉弄人们,岂不太过分!第三层前三句叙事,后一句写景。看来赏月并不圆满,诗人早早回去睡觉。突然三更的鼓声将他惊醒,将醒未醒时,发现了床前洒满了月光。连忙披衣出门,果真惊喜地看到浮云正在风中四散,秋色如许,月光如许,正是天高气朗时。第四层前两句叙事写景,后两句抒情。明写在这夜深人静之时,不知谁家仍亲朋满座,欢声笑语,似从天外飞来,暗中寓意是用天下人举家团圆之时,反衬自己却独自一人漂泊在外的孤寂。因此最后两句便发出感慨:自己这一倦游之客明天一大早又要踏上旅程,真是"行人何似居人乐"啊!本诗写作上最突出的特点就是使所写景物处于动态的变化之中。这当然源于景物本身的变化,但是也得益于作者用了一系列的动词"流""落""合""卷""搴""落"等加以刻画,使景物具有了飞动的气势。

【作者简介】

　　李俊民(1176—1260),金元之际文学家。字用章,号鹤鸣老人。泽州晋城(今属山西)人。少习二程理学,有文名。金章宗承安五年(1200)进士,官应奉翰林文字,因不满政治腐败,弃官。宣宗贞佑二年南渡黄河,隐于嵩山。金亡后,忽必烈优礼召见,仍乞还山。辛谥庄靖先生。善诗文词。其文冲淡和平,语言流畅;词多咏物写景,应酬唱和;诗多反映现实,表现怀才不遇、亡国之痛及民生疾苦,风格清新奇崛,寄怀遥深。有《庄靖集》。

中　秋
元·李俊民

露下天街一气凉[1],月明不复被云妨。
正当金帝行秋令[2],疑是银河洗夜光。
鲛室影寒珠有泪[3],蟾宫风散桂飘香。
席间醉客忙归去,　独共三人尽此觞。

【注释】

[1] 天街：指京城中的街道。

[2] 金帝：即白帝。古神话中五天帝之一，主西方，为秋季之神。

[3] 鲛室珠泪：亦谓鲛人泣珠。典出志怪小说集《汉武洞冥记》（旧本题后汉郭宪撰）："〔吠勒国人〕乘象入海底取宝，宿于鲛人之舍，得泪珠，则鲛所泣之珠也，亦曰泣珠。"亦见于晋张华《博物志》卷九："南海外有鲛人，水居如鱼，不废织绩……从水出，寓人家，积日卖绢。将去，从主人索一器，泣而成珠满盘，以与主人。"

【赏析】

从作品中写到"天街"可见，应作于作者中进士在京任职期间。他生性淡泊，不满当时朝政的腐败，因此诗中流露出了几丝孤寂和伤感。这是个月为薄云所遮的中秋之夜，诗的前六句写出特定的时令和特定的景物。天气已略感寒凉，云遮住了月亮，却使月色散射，四处银光，好似银河刻意要洗净暗夜。月下露珠像是海底宝珠，而阵阵桂花之香飘来，暗示作者的赏月从入夜已至凌晨。这两句因用了"影寒"和"有泪"，流露出感伤的情调。最后两句叙事。作者本和友人一起饮酒赏月，但是友人醉酒离席，剩下他一人继续饮酒。"独共三人"用了个典故：李白《月下独酌》诗谓："花间一壶酒，独酌无相亲。举杯邀明月，对影成三人。"作者也是月亮、自己和影子，成为三人，相偎相依，互相属酒。这亦是人间赏心乐事。

【作者简介】

段克己（1196—1254），元人，金遗民诗人。字复之，号遁庵，绛州稷山（今属山西）人。自幼与弟成己并有才名，宣宗兴定三年同游京师，受到礼部尚书赵秉文的赏识，目为"二妙"。正大七年以进士贡。金亡，与弟隐居龙门山。元初隐于河汾之间，与其他金遗民诗人一起被称为"河汾诸老"，元人房祺为其编《河汾诸老诗集》。其中以段氏兄弟成就最高。泰定年间,孙段辅将二人作品汇编为《二妙集》,今存。

癸卯中秋之夕与诸君会饮山中感时怀旧情见乎辞[1]

元·段克己

少年着意仿中秋, 手卷珠帘上玉钩。
明月欲上海波阔, 瑞光万丈东南浮。
楼高一望八千里, 翠色一点认瀛洲。
桂华徘徊初泛滟[2], 冷溢杯盘河汉流。
一时宾客尽豪逸, 拥鼻不作商声讴[3]。
无何陵谷忽迁变[4], 杀气黯惨缠九州。
生民冤血流未尽, 白骨堆积如山丘。
比来几见中秋月, 悲风鬼哭声啾啾。
遗黎纵复脱刀几[5], 忧思离散谁与鸠[6]。
回思少年事, 刺促生百忧[7]。
良辰不可再, 尊酒空相对。
明月恨更多, 故使浮云碍。
照见古人多少愁, 懒与今人照兴废。
今人古人俱可怜, 百年忽忽如流川。
三军鞍马闲未得, 镜中不觉摧朱颜。
我欲排云叫阊阖[8], 再拜玉皇香案前。
不求羽化为飞仙[9], 不愿双持将相权。
愿天早赐太平福, 年年人月长团圆。

【注释】

[1] 癸卯：此处指元乃马真后二年（1243）。

[2] 桂华：指月亮。传说月中有桂树，故代称月。华，同"花"。

[3] 拥鼻：亦作拥鼻吟。《晋书·谢安传》："安本能为洛下书生咏，有鼻疾，故其音浊，名流爱其咏而弗能及，或手掩鼻以效之。"后以"拥鼻吟"指用雅音曼声吟咏。商声：指秋声。《礼记》曰："孟秋之月，其音商。"商，伤也。

[4] 陵谷：指巨变。语出《诗·小雅·十月之交》："高岸为谷，深谷为陵。"

[5] 遗黎：劫后残留的人民。

[6] 鸠：安定。

[7] 刺（qì）促：惶恐不安。

[8] 阊阖（chāng hé）：传说中的天门。

[9] 羽化：古人认为仙人能飞升变化，遂将成仙称为羽化。

【赏析】

蒙古在1234年灭金，占领了黄河流域，随即展开对南宋的战争。作者写这首诗时，正隐居在河汾一带，而蜀地和淮河仍然烽火遍地。作者抚今追昔，感慨万端，深为生民遭遇时艰而忧心，这正如诗题中所说"感时怀旧，情见乎辞"。全诗可分成两个大的层次，一层是叙事，一层是抒情。从诗的开头到"忧思离散"句是第一层。"少年"至"拥鼻"十句，写作者战前的赏月活动。元灭金时，作者三十九岁，还算是年轻。前四句是实写其事其景，接着的四句是想象登月后的所见。月中琼楼，其高无比，登高鸟瞰，翠绿一点应是人间仙境瀛洲。而在月宫中饮酒，银河在身边流淌。"一时"两句，为这层作结。人间天上漫游，与其事者，皆闻达之士，欢歌笑语，其乐何如！"无何"八句为全诗的第二层，写近年来的战乱。正在少年尽欢，赏月融融之际，突然遭遇鼎革之变。蒙古人入侵，造成血流遍地，尸骨成山，惨绝人寰之状。即便有百姓有幸逃过死难，也难免流离失所，骨肉分离，终日哀愁。

从"回思"句到结束这一部分抒情,既有作者对自身境遇的感慨,也有对天下百姓的良好祝愿。前十句从对"少年着意"一层的照应开始,引发了诗人的忧伤情怀以及对天下事的理性思索。既有对从前生活的追慕,也有对今时之难的忧患。而从今日赏月之时月亮却躲在云彩之后不再露面忽发奇想,想必是月亮在古时甘愿为忧愁之人解忧,但是眼前深重的灾难连她也不忍目睹。对此作者发议论道,其实古人今人都一样,人生百年,逝者如斯乎!明显流露出对现实生活的厌弃。

诗歌的以上部分,作者思接今昔,神游万仞,但是笔墨始终不离月亮意象,使全诗收放自如,大开大阖且不显零乱,犹如游龙戏珠。但是最后八句,却荡开笔墨,完全离开月亮意象。给读者一种前边尽管激情澎湃,但始终循河道而行,而到了这里,感情的洪流再也无法被约束住,因此任由其泛滥,水波滔天。"三军鞍马"二句叙事,写国变近十年来自己身上发生的沧桑变化,而接下来的六句,则是发自肺腑的呐喊,愿上天早降和平,还民以安!这也体现出作者深厚的人道情怀。总之,这是一首别具一格的中秋诗。

【作者简介】

马臻(zhēn,1254—?),元代书画家。字志道,别号虚中,钱塘(今浙江杭州)人。宋亡后学道,曾隐于西湖之滨。以书画名世,尤善花鸟山水。亦能诗文,常流露遗民情绪。著有《霞外集》十卷。

中秋见月

元·马 臻

去年中秋月,　团团上林薮[1]。
文士两三人,　竟夕坐相守。
精光浮白空,　谁见虾蟆丑[2]。

觞酌杂歌吟，　　待得下高柳。
今年中秋月，　　辉辉入窗牖[3]。
照我如有期，　　怪我尊无酒。
月是去年月，　　不复去年友。
人生如风花，　　聚散良不偶[4]。
贤愚与贵贱，　　肉骨同一朽。
我今见明月，　　再拜复稽首。
侧闻古老言[5]，　此言岂虚有。
正秋三五满[6]，　万里绝纤垢。
玉兔捣神药[7]，　服之寿长久。
我无周生术，　　安得月在手[8]。
天梯邈难攀，　　中肩欲成疚[9]。
万方浩漫漫[10]，月轮又西走。

【注释】

[1] 林薮（sǒu）：山林和湖泽。
[2] 虾蟆：指月中蟾蜍。
[3] 窗牖（yǒu）：即窗户。
[4] 良不偶：的确非偶然。即命中注定意。
[5] "侧闻"句：用韩愈《月蚀诗效玉川子作》"尝闻古老言，疑是虾蟆精"典。侧，独、特。古老，犹"故老"。
[6] 正秋：即仲秋。农历八月。三五满：即十五这天月亮圆满。
[7] 捣药：传说月中有玉兔捣制仙药。
[8] "我无"二句：唐人张读《宣室志》言，周生擅长道术。中秋之夜客人齐至，其以绳编筷子数百根成梯登天。须臾天黑月消。其从天上返回，掀衣露月一角，室内亮如白昼，寒气砭人肌骨。

[9] 中扃（jiōng）：指内心。宋陆游《学道》诗："精神生尺宅，虚句集中扃。"

[10] 万方：犹四面八方。

【赏析】

　　这首诗表现了诗人孤寂而又无奈的情绪。诗的前八句是对去年中秋之夜活动的回忆。他曾与三两好友，以"竟夕"的方式赏月，从月上林梢，直到月落柳梢。"精光"二句，以调侃的语气描写月色的美丽，触目所及，银色的月光洒满大地，又有哪一位看到了月亮中那个丑陋的癞蛤蟆？"今年"六句，写当前的赏月。月色如旧，但独坐室内，既无酒，又无友，心情落寞，与去年已不可同日而语。因此"人生"至终篇，全为作者月夜所感。前八句写了友情也如风中之花，聚散无常，而且人生短暂，所有人都会消亡之感。用闻之故老来说明这种人生无常之感，是人类的共识。让月亮来为自己的这种感受做证的想法，看似无理，但又是因极度孤独抑郁情绪无从倾诉自然而然产生的，因此也有着心理的依据。接下来的十句，写了自己游仙的情结。既然人生失意，身居人世苦闷抑郁，自然会产生前往彼岸之思。"正秋"二句，重写月色，照应"团团上林薮""精光浮白空""辉辉入窗牖""我今见明月"，反复描写中秋月色，但各有侧重，此处是写其超尘拔俗一面，为自己的游月之想提出由头。想服食玉兔捣出的神药，以便长生久视，飞升成仙，但是旋即想到，怎样才能登月取药？没有传说中周生那种自制天梯登月之术，便只能望洋兴叹，内心煎熬。登天乏术，四处无路，心事浩茫之时，月亮已经落山。终至人生无路可走。

　　诗人是宋遗民，在元人统一中国，改朝换代已成为不可更改的现实之后，他采取了隐居西湖的生活方式。

【作者简介】

张翥（zhù，1287—1368），元诗人。字仲举，世称蜕庵先生，晋宁（今属云南）人。早岁居杭州，受业学诗。至正初荐为国子助教，官至翰林学士承旨。曾参修宋、辽、金三史。后又收集元末反对农民起义而死者的事迹为书，名《忠义录》。其诗多颂扬元朝统治，否定农民起义，也有反映社会矛盾的作品。有《蜕庵集》《蜕岩词》。

中秋望月

元·张 翥

当年见明月，　　不饮亦清欢。
讵意有今夕[1]，　　照此长恨端。
近闻钱塘破，　　流血城市丹。
官军虽杀贼，　　斯民已多残。
不知亲与故，　　零落几家完。
裴回庭中影[2]，　　对酒起长叹。
死生两莫测，　　欲往书问难。
仰视云中雁，　　安得托羽翰[3]。
凄其衰谢踪，　　有泪徒阑干[4]。
山中松筠地，　　弃置谁与看。
河汉变夜色，　　西风生早寒。
累觞不能醉，　　百念摧肺肝。

【注释】

[1] 讵（jù）：副词，表反问。岂，难道，哪里。
[2] 裴（péi）回：彷徨，徘徊不进的样子。

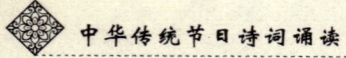

[3] 羽翰：指书信。

[4] 阑干：眼泪纵横貌。

【赏析】

  这首诗写于元顺帝至正十二年（1352）。诗中写了战乱给百姓带来的灾难以及作者的忧心如焚。诗的前八句为一层，写作者对当时发生的农民起义军攻破杭州的态度。起首反跌一笔，从往昔天下太平时赏月的欢欣说起。但旋即掉转笔头，慨叹天下的多难。"长恨端"指作者忧患的产生。这是因为前一年，红巾起义爆发，元末天下大乱开始。"近闻"至"斯民"记述了一个历史事件。这年七月，义军头领徐寿辉的部下攻下了杭州城，随即失守，接着又被元军大将董博霄所败。诗人是站在元朝统治者的立场上评价这一事件的。虽称义军为"贼"，但是长太息以掩泣，哀民生之多艰的情怀，却是真实的。作者早年曾长居杭州，亲友多有定居那里者。"不知"至"安得"八句，写出他对这些亲友的担忧挂念。写法上很有意思，为隔两句押韵，平仄韵脚互换。这不仅平添了诗歌顿挫起伏的节奏，而且更有表达意旨的需要。押平声韵时写对亲友的系念，而用仄声韵时则写自己焦虑不安的心情。"凄其"至"百念"八句，则表达了作者痛苦忧患的情怀。首句照应上文"生死两莫测"句，但并非简单的重复，前边还是对是生是死的推想，这里则已肯定那些人凶多吉少，已然"衰谢"了。由此作者心事浩茫，泪水纵横。中秋美妙的夜色，由于移情的作用，完全失去了意义。松竹丛生的山景，纵贯长空的银河，无心观赏，且令他彻骨生寒。全诗以借酒浇愁愁更愁，百感交集，忧心如焚作结，留下"此恨绵绵无尽期"之感。诗的结构层次谨严，由事到情，由具体之情到一种宇宙意识，即对于战争给人类造成苦难的深深叹息，一气呵成。建国以来我们对历史上的农民起义，都是从正面评价。但是，既然是战争，就必然会带来百姓大量的非正常死亡和流离失所，而具有人道情怀的人，对此当然会感到忧虑痛苦。诚所谓"兴，百姓苦；亡，百姓苦"！

【作者简介】

柯九思（1290—1343），元人。字敬仲，自号丹丘生，台州仙居（今属浙江）人。博学善画，工于诗文，亦精金石之学。文宗时恩宠甚隆，内府所藏法书图画，皆由九思鉴定。后为人攻讦，文宗谢世，遂离京流寓江南，以暴疾卒。清人辑其作成《丹丘集》。

中秋醉后偶作

元·柯九思

虞渊日沈群动息[1]，露点苍苔鬼工泣[2]。
纤尘不染堪舆清[3]，秋水无痕湛晴碧。
初若照胆镜[4]，飞上天一壁[5]。
又如骊龙珠[6]，跳出沧海窟。
冷光透体骨髓凝，灏气侵人毛发立[7]。
年年中秋事行理[8]，孤馆残灯滞他邑。
今岁居贫家，此景颇自适。
持杯向月月堕酒，举酒长吞月随入。
酒到胸中飞火车[9]，月入诗肠洒冰汁。
眼花忽见仙人来，笑语欣然若相识。
长笛叫虚寒，余响裂岩石。
搔首于两间[10]，今夕复何夕。
云中老桂飘古香，树影婆娑印蟾壁[11]。
天风忽吹散，人月两俱失。
玉山倒入无何乡[12]，雄鸡声里东方白。

【注释】

[1] 虞渊：亦称虞泉。传说为日没处。《淮南子·天文训》："日至于虞渊，是谓黄昏。"

[2] 鬼工：谓事物精妙高超，非人工所能为者。

[3] 堪舆：天地。

[4] 照胆镜：相传秦咸阳宫中有大方镜，能照见人脏腑。女子若有邪心，则在镜中可见其胆张心动。

[5] 天一：星名。

[6] 骊龙珠：省称骊珠。一种宝珠。传说出自骊龙颔下，故名。《庄子·列御寇》："夫千金之珠，必在九重之渊，而骊龙颔下。"

[7] 灏（hào）气：弥漫在天地间之气。

[8] 行理：使人。即受命出使者。

[9] 火车：佛教语。运载罪人入地狱的能发烈火的车。车上有鬼卒押解罪人。《法苑珠林》卷四九言："欲因礼佛以中伤佛，欲去未到于王舍，城中地自然破裂，火车来迎，生入地狱。"后用为典故，泛指神话中能发火的车。

[10] 两间：指天地之间。

[11] "云中"二句：传说月中有桂华树和蟾蜍，故"云中老桂"与"蟾壁"均借指月亮。

[12] 玉山倒：南朝宋刘义庆《世说新语·容止》："嵇叔夜之为人也，严严若孤松之独立；其醉也，傀俄若玉山之将崩。"后因以"玉山倒"形容人酒醉欲倒之态。　无何乡："无何有之乡"之省称。

【赏析】

　　作者所生活的时代，正是短命的元朝后期少有的一段太平时光，而他当官为清闲之职，离任之后，又是江南名士，因此生活虽不富有，但还算安适。这样，在中秋之夜，饮酒赏月之时，就有了元代文人少有的不念及时事，而只写一己之所见感的情形。这首诗的写作很有意思，说是醉后，其实写的是从清醒时赏月到饮酒后的醉思这样一个完整的过程。因此全诗以饮酒为界，分成前后两大部分。前一部分有两个层次，分别写了中秋之景和处境说明。"虞渊"到"毛发立"写中秋从薄暮到入夜的景色。一落笔作者便展开了神奇的想象：太阳沉入深渊，种种神灵蠢蠢而动，漫天的星斗如同晨起的露珠撒在苍苔原野一般，遍布在天幕之上。接下来的两句便是实写：天地澄澈，一尘不染，秋水如镜，一望无际，中秋夜色将临。下来又驰骋想象，用了博喻手法，连用四个比喻，对皓月升空做了多方面的动态描述，使读者跟着他的思绪，展开丰富的联想。"冷光"二句写了寒气逼人的体肤感受，有过饮酒体验的人都知道，醉后之人全身发热，因此作者的这种感受说明他的饮酒尚未开始，当然更谈不上"醉"了。这两句既对上述的写景做了总结，又启引出以下的作者所感，在诗中起承上启下的作用。诗人既明言"醉后"所作，因此诗中有较多非理性的成分，以及一己之微妙的难以言传的个人内心体验。"年年"到"颇自适"四句，是对目前自身景况的说明。又是客居在外，且住贫家，但是心情颇佳，有着赏月的闲情逸致。

第二部分也可分成两层，分别写饮酒之事和醉后所思所为。"持杯"到"洒冰汁"四句，写饮酒赏月。前两句二事合写，举杯邀月，月入杯中，和酒吞月，月入腹中，笔墨异常集中，且饶有情趣；后两句分写二事，酒入心中热如火，月入诗肠澄似冰，一热一冷，故既激情勃发，又诗思如泉。因此下边全写酒沃诗情。可说前边全是铺垫，至此才真正照应诗题中的"醉后作"。"眼花"四句是醉后幻见。有仙人前来，凭空奏乐，声裂金石。"搔首"四句是幻觉。自己变成顶天立地的巨人，不知今夕何夕。"两间"照应前文之"堪舆"，但是前边是冷清的观看，现在则是热烈的参与。看来确实饮酒不少。诗人甚至就近闻到了月中桂花馥郁的香气，清晰地看到了桂树婆娑的树影在月亮上闪晃摇动。诗的最后四句则写了大醉后的酣睡，不知东方之既白。

诗中运用了大量的想象，使作品气势飞动，浮想联翩，画面叠出，诗意多变，令人目不暇接。其风格略似李白。

【作者简介】

萨都拉，亦作萨都剌（1305？—1355？）。元代诗人。字天锡，号直斋。答失蛮氏回回族人，一说蒙古族人。其祖思兰不花、父阿鲁赤世以赘力起家，累有功勋，受知于世祖、英宗，命仗节钺留镇云、代，所以萨都剌的出生地为雁门（今山西代县）。泰定四年（1327）进士，官御史，因弹劾权贵，迁淮西江北道廉访司经历后致仕。曾入方国珍幕府。结庐太湖司空山太白台下而终。工诗词，多写自然景物，间有反映民间疾苦之作。著有《雁门集》。

中秋月夜泛舟于金陵石头城[1]

元·萨都拉

秦淮流水西复东[2]，　倒涵天影磨青铜。
飞廉扫空出海月[3]，　明珠飞入琉璃宫。
着我扁舟二三友，　　江上雪槎泛牛斗[4]。
笑语人间两岸灯，　　进君江上一尊酒。
醉来起舞听浩歌，　　宛如玉树春风和。
世间乐事古来少，　　天下月明今夕多。
六代江山自潇洒[5]，　潮落潮生石城下。
人生得意当欢游，　　此月此水年年秋。

【注释】

[1] 石头城：古城名。又名石首城。故址在今江苏南京清凉山。本楚金陵城，汉建安十七年孙权重筑改名。城负山面江，南临秦淮河口，当交通要冲，六朝时为建康军事重镇。唐以后，城废。

[2] 秦淮：河名。流经南京。相传秦始皇南巡至龙藏浦，发现有王气，于是凿方山，断长垄为渎入于江，以泄王气，故名秦淮。

[3] 飞廉：风神。一说能致风的神禽名。
[4] 槎（chá）：木筏。　牛斗：指牛宿和斗宿。
[5] 六代：亦称为六朝。指三国吴、东晋和南朝的宋、齐、梁、陈。这六个朝代相继建都建康（吴名建业，今南京市）。

【赏析】

这首诗可能写于元文宗至顺三年（1332）或四年诗人任江南诸道行台侍御史时期。从换韵方面着眼，这首诗明显分成四层，但从命意方面看，则可分成三个层次。第一层是前四句，纯然写中秋秦淮河上的景色。秦淮河流经南京市区，自古以河上桨声灯影、岸边舞榭歌楼闻名。头两句实写眼前之景，回环曲折的河面上，倒映着磨得雪亮的铜镜一般的明月。次二句写幻化之景。风神行风，为海月开道，船桨摇碎一河月色，如同万斛明珠倾入河面之下的水晶宫。作者也是著名的画家，因此写中秋月色，如同明丽的彩画。"着我"至"宛如"六句，叙作者与友人乘船游赏的过程。本是写实，但因用了两个虚写的句子，"江上雪槎泛牛斗"和"宛如玉树春风和"，便有了飘然欲仙之感。"世间"至"此月"六句则是抒情议论。表达了江山永恒，人生短暂，因而须及时行乐的思想。这在作者的世界观中是很突出的一点，在多首诗词中都有所表现。

【作者简介】

张昱，元诗人。生卒年不详。字光弼，号一笑居士，吉安庐陵（今属江西）人。少学诗，有诗名。曾在杨完者幕下参谋军事。以诗酒自娱，超然物外。杨死后，弃官不出。张士诚礼聘，不从。居西湖间。被明太祖征召，怜他年老，说"可闲矣"，厚赐使还，遂自号可闲老人。年八十三卒。其诗以津诗见长，风格雄浑悲凉，豪迈跌宕，亦有含蓄缠绵者。著有《张光弼诗集》。

中秋望月（甲辰年赋）[1]

元·张 昱

月里分明见九州，　浮云西北是璚楼[2]。
歌钟未厌今宵酒，　砧杵那禁此夜愁[3]。
若使有情须痛哭，　不知何物是风流。
霓裳不向当时罢[4]，戎马中原未肯休。

【注释】

[1] 甲辰：此处指元顺帝至正二十四年（1364）。

[2] 璚（qióng）楼：即琼楼。形容华美的建筑物。诗文中常指仙宫中的楼台。

[3] 砧杵（zhēn chǔ）：亦作碪杵。即捣衣石和棒槌。亦指捣衣。

[4] 霓裳（ní shang）：即《霓裳羽衣曲》，唐代乐曲名，相传为唐玄宗所制。

【赏析】

作者曾入元末官军元帅杨完者幕，杨完者在1358年死于张士诚和达识贴睦迩的偷袭行动中，此后作者隐居在杭州西湖。元末天下大乱，狼烟四起。诗人虽然是隐士，但是时代的印记仍深深地打在这首诗里。起句气魄颇大。作者身居天下一隅，但是想象中，九州在清光四溢的月光之下，历历在目。天上片云的西北，是中原所在，也是帝都所在。元顺帝是个荒淫的皇帝，在天下纷争时，仍不忘享乐，曾在内苑大造龙舟，恣为淫乐。因此"璚楼"语含讥刺。"歌钟"一句承"璚楼"，仍是讽刺统治者不顾天下安危，只图享受的行为，而"砧杵"句则是作者自况。这句用了杜甫《秋兴八首》中"寒衣处处催刀尺，白帝城高急暮砧"的典故，意谓在这寒冬将临（之时），砧杵声的此起彼伏，热热闹闹,却无法抑制住自己的无限忧愁。这个意象也可视作是大元帝国无可挽救命运的象征,尽管大元军仍旧金戈铁马,但是其王朝运数已尽。这年春季,朱元璋已称王,设朝廷,置百官。"若使有情"句用了李贺"天若有情天亦老"句之典,意思也相似,指老天如果可以动情,也应为现在天下苍生之苦而恸哭流泪;"不知何物"句则表现出诗人无法预知谁将继天承运的惶恐不安。"霓裳"两句则是他的慨叹。元顺帝的恣意声色犬马,在他看来,是导致天下大乱的缘由。作为元朝的忠臣,他的悲剧心态在这种无奈的假设中,流露出来。

【作者简介】

沈梦麟,元末明初诗人。字原昭,吴兴(今浙江湖州)人。生卒年均不详,约元惠宗至明初前后在世,年近九十。少有诗名。元末,以乙科授婺州学正。迁武康令,解官归隐。明初,以贤良证,辞不起。应聘入浙闽,志行不屈,于仕进不强求。诗工于七津,时称"沈八句"。著有《花溪集》三卷。

中秋夜泊黄河

明·沈梦麟

黄河滚滚浪翻盆, 百尺驸樯上下奔[1]。
月色偏于今夜白, 河源不改旧时浑。
雷行西北通天极, 风送蛟龙入海门。
欲酹一觞歌九叙[2], 千秋万岁禹功存[3]。

【注释】

[1] 驸(fān)樯:船桅,桅杆。驸,同"帆"。
[2] 九叙:同"九序"。古曲名。

[3] 禹功：大禹治水的功绩。大禹，传说中古代部落联盟领袖。亦称禹、夏禹、戎禹。鲧的儿子。奉舜命治理洪水，疏通江河，发展农业。治水十三年，三过家门而不入。因治水有功，被舜选为继承人。建都安邑。后东巡至会稽而死。

【赏析】

黄河在中华民族的文化中，具有图腾的意义。诗人是江南才子，长期生活在南方，却来到黄河之滨，又恰逢中秋月明，自然有万千感触。前四句写河之景观，黄河的特性和气势把握准确。黄河每到秋季为盛水期，澎湃咆哮，巨浪滔天，无羁无绊。连河上的船只都剧烈地上下晃动，摇摇欲倾。这两句写了白昼黄河的动态。而入夜之后，银白的月光照耀下，浑黄的母亲河似乎入睡。故写其静态。"旧时浑"则写出了这条河流负载的悠久文明。自古以来，这条大河便以富含泥沙而得名黄河，而此时诗人终于见其真面目，心灵得以与远古文明对话，怎能不感慨系之！后四句写作者思绪。远溯大河而上，黄河之水天上来，用"雷行"二字照应"浪翻盆"，前写白日之视觉印象，此处写夜间之听觉印象。顺大河之流而下，则如蛟龙奔腾到海不复回。这两句是想象之语。最后两句，作者终于找到了与这条河流有关系的最有名的历史人物大禹。大禹的一生与这条河流息息相关，他凿龙门，疏河道，降服水患，终于使这条母亲河成为中华民族的生命之源，而他所代表的"夏尚忠"即忠于职事，生生不已的奋斗精神，也成为中华民族最可宝贵的精神遗产。因此，诗人由衷地赞叹他是位建立了千秋万代伟业的圣人。

【作者简介】

王中，明初人。生平不详。《明诗综》云："中字懋建。黄俞邰云：洪武辛亥（四年，1371）进士有沁水王中，甲戌（二十七年，1394）有同安王中，未知即其人否？要不敢以臆定也。"诗中有对战乱生活的描写，当以前者为是。

中秋述怀

明·王中

潦倒羁栖客，　伤心两鬓华。
涂穷惟有泪[1]，世乱更无家。
暗雨闻寒雁，　悲风急暮笳[2]。
艰难今一概[3]，何处问生涯。
天下兵长斗，　山中客未归。
塞鸿南度早，　星使北来稀[4]。
草草年光换，　悠悠世态非。
自怜同社燕，　几处傍人飞。

【注释】

[1] 涂穷有泪：即穷途之哭。涂，同"途"。典出《晋书·阮籍传》："〔籍〕时率意独驾，不由径路，车迹所穷，辄痛哭而返。"唐王勃《滕王阁序》："阮籍猖狂，岂效穷途之哭！"本谓因车无路可行而悲伤，后亦谓处于困境所发的绝望的哀伤。

[2] 笳：中国古代北方民族的一种吹奏乐器，似笛。通常称"胡笳"。

[3] 一概：指到处都一样。

[4] 星使：古时认为天节八星主使臣事，因称帝王的使者为星使。唐刘长卿《贾侍郎自会稽使回》诗："江上逢星使，南来自会稽。"

【赏析】

作者是明代初年人，元末长达十几年的战乱，给百姓带来巨大灾难。从作品中写到的"世乱"和"兵长斗"可以推知，应该写于元顺帝至正十一年（1351）天下兵事初起的若干年以后。"述怀"这种诗体，主要是抒写诗人心中的情绪，其叙事描写都服从于这个创作意图。这首诗写了对流离失所，穷愁潦倒的生活的感慨。

诗的前八句用一个韵脚，是一层意思，写自己遭逢世乱的生存状态。前四句是忆往：到处漂泊，两鬓如霜，却四处无家而又四海为家，心情惨淡，吞泪度日。接下来的四句是写此时此刻自己的处境。暗雨两句虽对仗工稳，但句意结构并不相同。"闻寒雁"者是诗人，而"急暮笳"却是"暮笳急"的倒装句。这两句写景有似杜甫《秋兴八首》，渲染出一种悲怆的气氛，语气促急，反映出诗人朝难虑夕的穷愁潦倒。这一层以"艰难"两句作为总括，点明自己朝不虑夕的艰难生活。

因此顺势接以换韵的八句，写出战乱中诗人的心态。前四句写了战乱及其原因。天下人同是长期陷于兵燹之苦，我这个避乱山中之人，又如何能返回家中过太平日子？北来的大雁，比往年更早地南飞经过此地，这个意象只是为了衬托下句。由战乱之果溯因，是因为北方朝廷自顾不暇，对这一带的战乱越来越无力顾及，才造成如今的局面。最后四句在感慨物是人非中，表达了作者对天下之事的绝望心情。

咏中秋之诗，却无一字与中秋有关。这不仅是因为天雨无月，而是由于处于生死攸关之时，个人如何生存成了压倒一切的大事，哪里还有什么心情去玩月或者思乡呢？中秋只凑巧成为写诗的由头而已。

【作者简介】

王越（1423—1498），明濬县（今属河南）人。字世昌，景泰二年进士。天顺初由山东按察使迁右副都御使、大同巡抚。尝三次出塞，收河套地。身经数战，常出奇取胜；奖拔士卒，人乐为用。以功封威宁伯。成化十一年（1475）因交结内监汪直，进兵部尚书。汪直事败，被劾削爵名。弘治初复官，又勾结中官李广，总制甘凉。以此为士论所轻。卒，谥襄敏。越所为诗文，有河朔激壮之音。著有《襄敏集》二卷，续集一卷。

五、中秋节

丁亥中秋[1]
明·王 越

瑟瑟西风吹雨晴,　　可怜佳节在边城。
百年人有几时健,　　一岁月无今夜明。
鲁酒为谁浇战骨[2],　商歌空自怨和盟[3]。
睢阳已死汾阳老[4],　羞对儿曹说用兵。

【注释】

[1] 丁亥：这里指明宪宗成化三年（1467）。

[2] 鲁酒：春秋鲁国出产的酒，味淡薄。后作为薄酒、淡酒的代称。典出"鲁酒薄而邯郸围"之典故。语出《庄子·胠箧》。言当初楚会诸侯，鲁赵俱献酒于楚王，鲁酒薄而赵酒厚。楚之主酒吏求酒于赵，赵不与。吏怒，乃以赵厚酒易鲁薄酒奏之。楚王以赵酒薄，故围邯郸。

[3] 商歌：悲凉的歌。商声凄凉悲切，故称。语出《淮南子·道应训》："宁戚饭牛车下，望见桓公而悲，击牛角而疾商歌。桓公闻之，抚其仆之手曰：'异哉，歌者非常人也。'命后车载之。"

[4] 睢阳：指代唐代睢阳太守张巡。安禄山叛乱时，张巡誓死守城，每战大呼，眦裂血流，齿牙皆碎。城陷，不屈而死。后因以为忠义的典型。汾阳：即郭汾阳。指唐名将郭子仪。安史之乱平息以后，郭子仪功封汾阳王，故称。

【赏析】

据史书所载，在写这首诗的前四年，诗人擢右副都御史，负责边城大同的防务。这时他的母亲病故，朝廷因防务需要，不许他奔丧，于是他在此地缮器甲，简卒伍，修堡寨，减课劝商，为经久计。作诗这一年春季，抚宁侯朱永征伐成吉思汗弟别里古台的后裔毛里孩，令诗人赞理军务。秋季，诗人兼巡抚宣府。这首诗就写于这一背景之下。尽管诗人后来因投靠宦官，颇为史家所诟病，但在这时，却是守御明朝北部边疆的一位重臣。他在诗中抒发了为国戍边的一腔豪情，又对明王朝守边的不力表示了深深的忧虑。全诗格调抑郁悲壮。前四句叙事，并表达出中秋之夜自己的伤怀。首联写作诗的时令、气候、地点和自己的心境。又是一天秋雨，而到了晚上开始放晴，自己在大同这一边防要塞度过这一美好的节日。"佳节"照应诗题"中秋"。颔联似有及时行乐之意。但是颈联却掉转笔锋，曲折地抒发了诗人对明王朝边防政策的态度。用酒祭奠那些为国捐躯将士的战骨，却不知这样做究竟有无意义，也就是询问这些人的牺牲到底是为什么；因为现在朝廷对于边患的主导政策是求和。这年春季正月，鞑靼内哄，多次侵扰明朝北部边境地区的孛来被毛里孩杀死，明朝乘机派军队征讨，但是因毛里孩请和，因而收兵。没想到三月毛里孩就入犯大同。作者一直在前线地区负责军事事务，对朝廷的这种姑息养奸的强烈愤慨，流露笔端。因此在尾联，就纯属牢骚满腹：不要再对我说壮烈战死的张巡和老死家中、战功赫赫的郭子仪，我以后根本无颜在儿孙面前提起自己曾经带兵打仗，为国戍边！

  明代前中期，蒙古人长期扰边给国家造成巨大损失。明成祖从南京迁都北京，主要就是为了出兵征讨入犯的蒙古人比较方便。但这个问题却无法解决，不仅给百姓带来灾难，也给有志报国的文臣武将造成悲剧，无论是战死疆场还是老死一隅。因此，这首诗有很强的典型性。

【作者简介】

  何景明（1483—1521），明代文学家。字仲默，号大复山人，河南信阳人。弘治进士，官至陕西提学副使。与李梦阳齐名，为"前七子"之一，文学上主张复古摹拟。因对当时政治混浊表示不满，诗文中有一定反映。有《大复集》。

五、中秋节

中秋无月
明·何景明

月赏今年罢，　高楼独客愁。
关山中夜笛，　江汉故乡舟。
暗雨捎檐入[1]，秋萤度槛流[2]。
应知云雾上，　天柱有人游[3]。

【注释】

[1] 捎：掠拂。

[2] 槛（jiàn）：栏杆。

[3] 天柱：古代神话中的支天之柱。见《神异经·中荒经》："昆仑之山有铜柱焉，其高入天，所谓天柱也，围三千里，周圆如削。"

【赏析】

何景明只活了三十九岁，晚年在陕西任提学副使，嘉靖初年忽然呕血，返回家乡六天后故世。从诗中提到"江汉"可知，应写于他在陕期间。诗中写了淡淡的乡愁。中秋赏月，为人生一大快事，但是如果远离家乡，在这花好月圆，人间团圆之时，就会别有一番滋味在心头，而如果再因雨月亮躲着不露面，就更不好受了。这两重不幸都让诗人碰上。首联叙事，写因无法赏月，独自一人空在高楼上忧愁。颔联和颈联写景。"关山"两句承上，写他在汉江边上，听着哀怨的笛声，看到那些从故乡信阳辗转溯汉水而来的商船，江之下流处，是重重关山。暗中抒情，因望不到故乡，就更愁上添愁了。"暗雨"两句诗意一转，写了近景，颇有情致。"捎檐入"和"度槛流"二语，非常精妙。前者写其在窗前赏景时秋雨若有若无的飘入，后者写萤火虫成群从门户出入，写景如画，融情于景，可见他强使自己在体察这种无月之时细微景物中，已从乡愁中解脱，一变而为闲适。因此其悬想也颇为轻松，在这云雾之上，一定有人在天外的昆仑山上玩月吧。

【作者简介】

韩邦靖（1488—1523），明朝邑（今陕西大荔东）人。字汝庆，号五泉。幼聪悟。韩邦奇之弟。年十四，举于乡。正德三年（1508）与兄同举进士，负有重名，时称"关中二韩"。拜工部主事。因指斥时政甚切，下诏狱。寻得释，斥为民。嘉靖初，起为山西左参议，分守大同。力请发帑赈饥，不得报，遂乞归。军民遮道泣留。抵家病卒，年仅三十六。著有《五泉诗集》《朝邑志》。

中秋同何仲默望月[1]

明·韩邦靖

令节他乡酒，　关山独夜情。
看花秋露下，　望月海云生。
碧汉通查近[2]，朱楼隔水明。
南飞有乌鹊，　作意向人鸣。

【注释】

[1] 何仲默：即何景明。
[2] 碧汉：指银河。亦指青天。查：古同"槎"，水中浮木，即木筏。

【赏析】

这首诗的写作应早于上一篇。因为提到乌鹊南飞，所以应写于与何景明同任京官时。上篇中月亮没有露面，且是诗人独处在汉江边，而这里是两人同游,而且赏到了明月。中秋思乡,是个永恒的主题。首联叙事。两人同在异乡为异客,关山迢递,因此在这美好的节日到来时,难免思乡,借酒以慰乡情。后三联全写景物。二联的上句和三联的下句写身边之景,二联的下句和三联的上句写天上之景,不仅暗示出诗人视线由低到高,再由高到低的变化,而且使诗意具有回环之美,可见遣词用句之妙。尾联两句,既是写景,又是抒情,与首句的思乡之致遥相呼应。汉代有苏武雁足传书之说,而这里作者欲借南飞的乌鹊捎去思乡之信的愿望,呼之欲出。

【作者简介】

黄姬水(1509—1574),字淳父,长洲(今江苏苏州)人。五岳山人省曾子。幼敏,山人出入必携之俱,有所占属,每令同赋。五岳拙于书,命其学书于祝允明,遂传笔法。

中秋集定慧寺,时自金陵暂归[1]

明·黄姬水

共喜中秋河汉明, 东林坐见月华生。
青天不染金波冷, 古寺无人玉漏清[2]。
竹柏空阶交藻影, 蛩螀深巷杂砧声[3]。
故乡番作思家梦[4],此夜长安儿女情[5]。

【注释】

[1] 定慧寺:寺院名,在苏州城东南,北宋初得名。
[2] 玉漏:古代计时漏壶的美称。
[3] 蛩(qióng):蟋蟀。 螀(jiāng):即寒螀,也称寒蝉。
[4] 番:同"翻",反而。

[5]"此夜"句：化用杜甫诗意，表示思乡情切。杜甫《月夜》诗："今夜鄜州月，闺中只独看。遥怜小儿女，未解忆长安。"时杜甫系狱长安，望月思家，极度担忧寄居在鄜州（今陕西富县）羌村的妻儿。

【赏析】

　　这首诗写了作者与友人在佛寺中的赏月以及对亲人的思念。诗人是位无官一身轻的文人，恰在中秋节能与友人在景色旖旎的苏州古刹中玩月赋诗，自是人生一大快事。所以，前三联都是写中秋的月色和月下之景的美好。作者从入夜明月初升写到夜深，赏月之兴不减。颈联从色和声两方面描写了中秋之夜处于城郊的寺院特有的风情，既有寂冷空静，又有人间意味，相当生动。尾联写了入睡后的情景：没想到在这真正的故乡，却反而做起了思家之梦，家中的小儿女太过年幼，可能还不会像我一样，思念远方的亲人吧？从诗题"自金陵暂归"可知，诗人的家庭当时正在南京，他来到故乡苏州时，反而成了孤家寡人，难免有这样的感慨了。

【作者简介】

　　吴本泰，明清之际文学家。字梅里，号药师，钱塘（今浙江杭州）人。少时喜读诗书。明亡后，隐居不仕。有《西溪梵隐志》。

庚申中秋

明·吴本泰

丛桂生阴雨气凉，　　少焉月出四山苍[1]。
于飞鹊绕树三匝[2]，　　所谓人居水一方[3]。
素汋红菱秋馔美[4]，　　画船乌榜怨歌长[5]。
徘徊顾兔伤流景，　　争乞云英玉杵霜[6]？

【注释】

[1] 少焉：不多时，过了一会儿。

[2] 于飞：于，语助词。飞，偕飞。《诗·周南·葛覃》："黄鸟于飞，集于灌木，其鸣喈喈。"后因以比喻夫妻（或男女）同行，或恩爱和合。鹊绕三匝：典出三国魏曹操《短歌行》："月明星稀，乌鹊南飞。绕树三匝，何枝可依？"三匝，三周。形容反复盘旋。

[3] "所谓"句：语出《诗·秦风·蒹葭》："蒹葭苍苍，白露为霜。所谓伊人，在水一方。"形容与所爱之人可望不可即。

[4] 沕（màn）：古同"漫"，淹没。此处指秋水。 菱：一年生水生草本植物。叶子略呈三角形，叶柄有气囊，夏天开花，白色。果实有硬壳，有角，可供食用。馔：一般的食品、食物。

[5] 榜：船桨。

[6] 争：同"怎"。多用于诗、词、曲中，相当于"怎么""如何"。云英：唐代神话故事中的仙女名。传说裴航过蓝桥驿，以玉杵臼为聘礼，娶云英为妻。后夫妇俱入玉峰成仙。事见唐裴铏《传奇·裴航》。诗文中常用此典，借指佳偶。

【赏析】

这是一首作者身处船中的观景思人之作。首联写了赏月时的天气特点，兼写景物。作者运气不错，黄昏时细雨绵绵，连漫山的桂树，都香气顿失，只觉阴气逼人。但是入夜后，风停雨住，月亮露面，四围青山隐约在望。次联触景生情。喜鹊在树上盘旋，不肯入窝，前人写这个意象时，认为这是因为无法找到栖身之处。因此，作者也是借这个意象来表现自己无所归依的孤独之感。而后一句则挑明了孤独感所产生的原因，是无佳人相伴，她似有似无，似远似近，飘缈难寻。第三句转而放下对佳人的思念，叙写身边景和事。看着船外白茫茫的水面，品尝着菱角等中秋特有的时令果蔬，听着船上歌女悠长哀怨的歌声。这时，他剪不断理还乱的对佳人的思念，又重被引发。因此四联在赏玉兔所在的月亮时，油然而生好景不常之慨。作者借用裴航蓝桥遇仙的典故，表达他渴望觅得那仙女一样美人的情思。这也照应了上边"人居水一方"之语。香草美人，自从屈原的《离骚》之后，常用来作为美好事物或人格的象征，这首诗里是否有这种寓意，就看读者能否体会出来了。

【作者简介】

张英（1637—1708），清诗人。字敦复，号乐圃，江南桐城（今属安徽）人。康熙六年进士。仕至文华殿大学士，兼礼部尚书。谥文端。其诗雍容典雅，黼黻廊庙。告归后怡情山水，田园诗清澈淡远，抒写性灵。著有《笃素堂文集》《存诚堂诗集》等。

戊寅中秋[1]

清·张 英

秋来景物更谁同，　　置我清阴翠霭中。
桂露夕溥穿树月[2]，　兰香朝扑卷帘风。
琴含宫徵闲逾好[3]，　诗继陶韦澹益工[4]。
蔬食何妨坐良夜，　　八关聊拟乐天翁[5]。

【注释】

[1] 戊寅：这里指康熙三十七年（1698）。

[2] 溥：遍及。

[3] 宫徵：古代五音中宫音与徵音的并称。泛指乐曲或声调。

[4] 陶韦：晋代诗人陶潜与唐代诗人韦应物的并称。他们的诗歌都有闲淡简远的特点，风格淳朴浑厚。号称陶韦体。

[5] "八关"句：谓自己拟学指唐代诗人白居易，当佛教居士。八关，即"八关斋"，是佛陀为在家弟子所制定暂时出家之学处。受者每月有六天须一日一夜离开家庭，赴僧团居住，以学习出家人之生活。白

居易曾受佛教八关斋之戒律。乐天翁,指白居易。

【赏析】

　　张英在康熙年间是个大名鼎鼎的朝臣。自中进士后,一直在朝中,深受康熙皇帝宠信,一时诏书,多出其手。在写这首诗时,他任礼部尚书,兼翰林院掌院学士,管詹事府,并在前一年任会试主考官,还主持修纂《国史》《大清一统志》《渊鉴类函》《政治典训》《平定朔漠方略》等重要书籍文献。他虽以身体有病乞求回乡休养,但遭到皇帝的拒绝,反而在他写这首诗的第二年,提拔他为文华殿大学士,这是事实上的宰相之职。但在这一人生最为辉煌的时刻,他的心情却平静如水,一点儿看不出炙手可热的气势,反而在诗中流露出闲适的情调。首联的"更谁同",意思是与谁都不同,因此才使他兴致盎然地坐在树下,任由薄暮之雾气渐渐环绕在身旁。夜色降临,露水慢慢洒满桂树枝头,带来一阵阵芬芳之味;半夜之后,兰花的香气从卷起的门帘下随风而来。这位老人看来好心情如故,又抚琴奏起优雅的曲调,再写下如同陶潜、韦应物那样风格淡泊的诗句,这当然指的就是我们看到的这首诗了。没有豪华的夜宴,只有简单的几样蔬菜素食,可这又有什么不好,正好学学白香山老人,就当这一天是在吃斋修行吧。一位日理万机、位高权重的要臣,居然有这样从容淡定的心境,也真让人钦羡不已。

【作者简介】

　　汤右曾(1656—1722),清诗人。字西崖,浙江仁和人。康熙二十七年进士。入翰林为庶吉士,授编修,官至吏部右侍郎。少即工诗,所作清远鲜润,为当时著名诗人王士禛所赏识。后与朱彝尊相继,主持浙中诗教,影响较大。著有《怀清堂集》。

中秋月蚀[1]

清·汤右曾

明镜尘昏奁匣斑[2]，参差桂树有无间。
梦魂似到清虚府[3]，偃息真惭救护班[4]。
玊斧修来仍璧合[5]，蚌胎满后看珠还[6]。
一篇孤愤贞元体，笑尔妖蟆亦等闲[7]。

【注释】

[1] 月蚀：即月食。地球运行到月亮和太阳的中间时，太阳光被地球挡住，不能照射到月亮上去，月亮上就出现黑影，这种现象叫月食。太阳光全部被挡住时叫月全食，部分被挡住时叫月偏食。

[2] 明镜：喻月亮。 奁匣（lián xiá）：镜匣。亦喻月亮。奁，盛放梳妆用品的小巧器具。匣，一种小型的，有盖可以开合的盒子。

[3] 清虚府：指月宫。

[4] 救护：古代发生日蚀月蚀时举行的祈祷仪式。《清会典·钦天监·交食》："日食分秒时刻，月食时刻，带食分秒时刻，皆按法推算，前期五月，绘图具题，旨下礼部，通行天下救护。"诗中指救月。仪式主要是以矢射月，祈祷鼓噪，称为"救月"。

[5] 玊（sù）斧：即玉斧。玊，有疵点的玉。古代传说月由七宝合成，常有八万二千户仙人给它修治。见唐段成式《酉阳杂俎·天咫》。

[6] 蚌胎：指珍珠。古人以为蚌孕珠如人怀妊，并与月的盈亏有关，故称。

[7] "一篇"二句：唐宪宗元和五年（810）月蚀，韩愈赋诗《月蚀诗效玉川子作》，谓闻之故老，月蚀是蛤蟆精吞月，声言："臣有一寸刀，可刳凶蟆肠。"贞元体，韩愈在唐德宗贞元年间（785—804）创

造的诗体,风格险怪孤峭。等闲,寻常、平常。

【赏析】

  作者诗集为《怀清堂集》。此诗收在卷十八,其按春夏秋冬时序编排先后顺序,前有戊戌上元日后四日所写,后有戊戌闰八月三日所作,故此诗必作于戊戌年(康熙五十七年,1718)。诗中写了中秋之夜月蚀的过程以及作者对此事的感触。首联写月蚀的开始,似明镜蒙尘,又似化妆用的圆匣上有斑迹,月中桂树也若隐若现。二联写月亮全蚀出现。月亮此刻像是睡着,闭上了眼睛,偃旗息鼓,而那些敲锣打鼓来恐吓吞食月亮怪兽的人们,却并未产生什么作用,真应为此羞愧。三联承上,写最终还是靠仙人之力,月才重新露面。用二璧合一和蚌满珠圆作比,虽未见新奇,倒也贴切。尾联巧用韩愈诗之典故,嘲讽吞食月亮的蛤蟆是白费力气,徒惹人笑谈。但是也可视作是作者对一切邪不压正事物的轻蔑。

【作者简介】

  田雯(1635—1704),清文学家。字纶霞,一字紫纶,号漪亭,晚号蒙斋,山东德州人。康熙三年进士。历任江南学政,江宁、贵州巡抚等。少而孤,天资高,承其母教诲。所作诗文不拘常套,警辟博丽。论诗尊宋,尤推山谷。著有《古欢堂集》。

中秋对月放歌

清·田 雯

完完白盘升天东,　旁罗参斗垂当空。
照彻四海复四海,　清虚一道泠天风[1]。
天荒地老月已古,　年年不停修月斧[2]。
吴刚斫垩愧郢材[3],　枉劳八万二千户。

李白原来是酒人[4], 谢庄下笔如有神[5]。
但知庾亮登楼好[6], 愁杀卢仝虮虱臣[7]。
寒杵无声露华重, 秋来捣药嫦娥病[8]。
何人吹笛怨杨柳, 有客打鼓骑屋栋[9]。
鹤欲舞兮雁可怜, 摇落长吟秋水篇[10]。
淮南无限关山泪, 洒向小山丛桂边[11]。

【注释】

[1] 泠（líng）天风：天上清冷而和煦的风。

[2] 修月：古代传说月由七宝合成，常有八万二千户仙人修治。

[3] "吴刚"句：谓吴刚运斧，自可修月。吴刚，传说月中仙人。唐段成式《酉阳杂俎·天咫》言："旧言月中有桂，有蟾蜍，故异书言，月桂高五百丈，下有一人常斫之，树创随合。人姓吴名刚，西河人，学仙有过，谪令伐树。"斫（zhuó）垩愧郢才，典出《庄子·徐无鬼》，谓郢人鼻端有白垩，有个叫匠石的人，运斤成风，将白垩斫去而鼻未伤。

[4] "李白"句：作者自注"白诗'举杯邀月饮，对影成三人'"。

[5] 谢庄：（421—466）南朝宋文学家。字希逸，陈郡阳夏（今河南太康）人。官至金紫光禄大夫。能诗赋，所作《月赋》为南朝咏物写景小赋的代表作。

[6] 庾亮登楼：《晋书·庾亮传》谓："亮在武昌，诸佐吏殷浩之徒，乘秋夜往共登南楼。俄而不觉亮至，诸人将起避之，亮徐曰：'诸君少住，老子于此处兴复不浅。'便据胡床，与浩等谈咏竟坐。"

[7] "愁杀"：句：谓唐诗人卢仝作《月蚀诗》以讥切元和党人事。卢仝，号玉川子。其诗云："玉川子又涕泗下，心祷再拜额榻砂土中，地上虮虱臣仝告愬帝天皇。臣心有铁一寸，可剖妖蟆痴肠。上天不为臣立梯磴，臣血肉身，无由飞上天，扬天光。"虮虱臣，犹言微贱之臣。

[8] 捣药：古代传说月中有白兔捣药。

[9] "有客"句：据《宋书》，萧思话十余岁未知书时，以博诞游遨为事，好骑屋栋，打细腰鼓，侵暴邻曲。人皆以为祸害。

[10] 秋水篇：《庄子·秋水》云："秋水时至，百川灌河……"。

[11] "淮南"二句：苏轼诗《送杜介归扬州》云："归来邻里应迎笑，新长淮南旧桂丛。"

【赏析】

　　作者曾任江南学政、江苏巡抚等职。从诗中所用淮南丛桂的典故出自苏轼《送杜介归扬州》推测，写诗时他可能正在扬州。这首诗的层次很是分明，以换韵为界，每四句自成一层意思：第一层写刚入夜时的中秋景色，以月亮作为中心。首句写月亮，二句写月旁景物作为烘托，三句写月色普照，四句写月光给人的体肤之感。第二层写与月亮有关的神话。不须有劳传说中的那八万二千户修月的仙人，仅是月宫中的吴刚一人，便足以胜任。他的修月之功，可让那运斤成风的著名匠人也自叹弗如。第三层写有关月亮的历史传说。李白写过与月饮酒的诗句，表达了他对月亮的亲密感情；谢庄写过咏月之赋，刻划了月亮和月色的美丽，庾亮曾乘月登楼，风流倜傥；而玉川子卢仝则借咏月蚀痛骂政敌：真是有多少双人眼，就有多少个月亮！第四层写深夜时的月亮和月下景色，与第一层遥相呼应，使诗意有了波澜。但与第一层主要客观描写有所不同，这层主观感受的色彩要浓重得多。"寒杵无声"句与"清虚一道"句相映相生。前边写惬意之感，这里写凄冷之意，因而接下来的两句虽是写景，但流露出明显的感伤。秋天这乍暖还寒时候，嫦娥无法适应，也会得病的吧。玉兔捣药，正是为此。想象很奇妙，也很合情理。但看来并非所有人都悲观，也有人在这夜深人静时，仍欢闹喧笑，这更刺激了诗人。从故乡方向飞来的雁鹤，正乘着月色继续南飞，诗人不由咏起著名的《秋水篇》，徒生望洋兴叹之慨。只有将自己的一掬之泪，抛洒在这淮南小山上的桂树丛中。

【作者简介】

李予望,清初诗人。字岵瞻,号帢村,蔚州(今河北蔚县)人。康熙辛卯举人。生平不详。有《宫岩诗集》四卷。

中秋月忆大兄督运巴里坤[1]

清·李予望

久出居延塞[2],秋高绝域边。
一轮仍汉月,　万里入胡天。
弥觉丹心苦[3],应愁皓魄圆。
同怀当此夕,　相望益缠绵。

【注释】

[1] 巴里坤:古称蒲类国。位于天山东段北麓,地势险要,因巴里坤湖而得名。两汉时属西域都护府管辖,后属匈奴。北魏属柔然、高车。唐贞观十四年(640)建蒲类县。宋代属伊州。元代属别失八里行省东境,始称巴尔库勒。明代属瓦剌和硕部。清康熙三十六年(1697)内附,改巴尔库勒为巴里坤。1954年成立巴里坤哈萨克自治县。现隶属哈密地区。

[2] 居延:地名。西汉张掖郡有居延县,故城在今内蒙古额济纳旗东南。又,东汉凉州刺史部有张掖居延属国,辖境在今居延泽一带。

[3] 丹心:喻忠心。

【赏析】

这是一首中秋怀兄诗。清初康熙年间,清政府曾在新疆用兵。看来作者的哥哥曾参与其事。因此在这每逢佳节倍思亲的时刻,亲情煎熬,便写下了这首诗。诗的前三联都是以己度人,悬想兄长的思亲思乡之情的。首联和二联写出兄长此刻所处境况。他离乡已久，那人迹罕至的万里戈壁滩上，一定也是秋高气爽了吧。二联写了大漠月色，颇为真切。"一轮"与"万里"相成，巧妙对照。万里虽极写其浩瀚，但是却只能是一轮孤月的对比，颇具大漠特色。而"汉月"与"胡天"对比，则暗写了对国家大一统的肯定。因此三联又写了中国历代文人多次重复过的一个传统主题，即为国效忠和阖家团圆往往难以两全。一方面，诗人肯定了兄长的赤胆忠心，但他似乎更强调的是为亲情所苦的一面，因此，在月亮轮圆而家无团圆的时候，对月伤怀如何可以避免！尾联与苏轼那首著名的同一主题的《水调歌头》词一样，只能是互相以月作为媒介，将对对方的思念寄托于其上。而这位诗人相望相思之情，却无法像苏词那样化解为旷达的情怀，而是愈加浓烈得化不开了。

【作者简介】

董必武（1886—1975），湖北黄安（今红安）人。名贤琮，又名用威，号璧伍。1911年加入中国同盟会，同年参加辛亥革命。五四时期开始接触马克思主义。1920年秋与陈潭秋在武汉建立共产主义小组，此后长期在湖北一带从事革命活动。1928年赴莫斯科学习，回国后，在江西任中共中央党校校长、中央工农民主政府执行委员等职。1934年随红军长征，到陕北后，任陕甘宁边区政府代理主席。抗争爆发后，长期参加同国民党的谈判。曾任中共中央南方局副书记。新中国成立后，历任中央财经委员会主任、政务院副总理、最高人民法院院长等职务。1975年4月在北京病逝。有《董必武选集》《董必武诗选》。

中秋望月

现代·董必武

秋月光如水，　今宵分外明。
太清云不滓[1]，永夜露无声。

仰望莫能即，　徘徊有所萦。
南征诸将士[2]，对此若何情？

【注释】

　　[1] 太清：指天空。　滓（zǐ）：渣子，沉淀物。此处作动词用，沾污意。

　　[2] 南征：指1947年夏，中国人民解放军开始的针对南方地区的战略反攻。

【赏析】

　　这首诗写于1949年9月29日农历中秋节时。这时正是解放战争的关键时刻。

　　作者是中国共产党的创始人之一。写诗时他在河北西柏坡参与中共中央日常工作，并任华北财经办事处主任，负责解放战争的后勤支援。据《董必武年谱》，这段时期诗人的工作异常繁忙，在作诗前后的一两周内，曾在晋察冀边区财经工作会议上做了长篇讲话，提出了财经工作的总方针，并布署了下一步的许多具体工作，又电报中共中央，转去了山东财办要求创办银行的建议。但在这日理万机的时候，诗兴未减，诗人仰望晴空皓月，思绪如潮，遂赋此诗。诗成，曾寄中国人民解放军总司令朱德将军，朱德亦将其《寄南征诸将》诗回奉。董诗含蓄，朱诗明快，然二者题旨一，实有异曲同工之妙。朱诗云："南征诸将建奇功，胜算全操在掌中。国贼军心惊落叶，雄师士气胜秋风。独裁政体沉云黑，解放旌旗满地红。锦绣河山收拾好，万民尽做主人翁。"

　　诗的前两联纯粹写景，静谧清幽，真想不到这一位日理万机的老人在中国革命关键时刻，有这样恬定的心境。但是后两联，他的心事便流露出来。无法像古人那样全身心地玩月赏月，而是心有所系，徘徊难安。最后两句便是他心之所系，原来他挂念的是南征的将士。该年夏季，刘伯承、邓小平率五万大军在鲁西南强渡过黄河，千里跃进大别山，建立了新的根据地，而陈庚将军率领一支两万人的解放军部队，在晋南越过黄河，南进到豫陕鄂边区，与刘邓大军成战略犄角之势。这标志着中国共产党领导的解放战争转入了全面的战略反攻阶段。部队作战生活条件的险恶，远非一般人所能想象。作为一个在后方主持财经工作的老共产党人，怎么能不忧心如焚，时刻挂念呢？但是在表达时，仍不失含蓄隽永。毛泽东曾说过："董老善五律。"在这首诗中，我们也可见诗人成就之一斑。

六、重阳节（8首）

【作者简介】

江总（519—594），南朝陈文学家。字总持，济阳考城（今河南兰考东）人。仕梁、陈、隋三朝。陈时官至尚书令，世称"江令"，不理政务，日与孔范等陪侍陈后主游宴后宫，制作艳诗，荒戏无度，时号"狎客"。原有集，已佚。明人辑有《江令君集》。

于长安归还扬州，九月九日行薇山亭赋韵诗[1]

南朝陈·江　总

心逐南云逝，　形随北雁来。
故乡篱下菊[2]，今日几花开。

【注释】

[1] 九月九：重阳节。　韵诗：韵语，韵体诗。不同于一般诗，尤指感情深度较低者。

[2] 篱下菊：又称篱菊。语本晋陶潜《饮酒》诗之五："采菊东篱下，悠然见南山。"后用以为典实。

【赏析】

农历九月九日，为传统的重阳节。因为《易经》中定"六"为阴数，"九"为阳数，而九月九日，日月并阳，两九相重，故而叫重阳，也叫重九。重阳节的起源很早，最晚在汉代已定型了。传为西汉刘歆的《西京杂记》中记西汉时的官人贾佩兰称："九月九日，佩茱

六、重阳节

萸,食蓬饵,饮菊花酒,云令人长寿。"同时还有继承自先秦的九月庆祝丰收,祭祀天地祖先活动的大型饮宴活动。南朝梁时宗懔的《荆楚岁时记》载:"九月九日,四民并籍野饮宴。"隋杜公瞻注云:"九月九日宴会,未知起于何代,然自汉至宋未改。"因此逐渐形成了求长寿、饮宴、戴茱萸、酿菊酒、赏菊、酿酒及祭祀酒业神等系列的民俗活动。

但是这首诗却并未描写当时的民俗活动。诗人江总是陈朝后期的朝廷重臣,可惜与陈后主一样,落了个声色犬马的坏名声。隋文帝开皇九年(589)隋灭陈,他又降隋,任上开府,入都城长安任职,随后又被放回江南,这时诗人已七十多岁,来日无多了。这首诗就是他被放归后在重阳节写的。既是亡国之臣,又是贰臣,尽管在晚年回到了魂牵梦萦的南方,但是内心的苦楚难以为人道及。开头两句看似平平,实则有深层含义,讲了人生的形神问题。"心逐南云逝"是说他的灵魂,已随着前朝的灭亡而烟消云散;"形随北雁来"则是说他的形体随着北来的大雁,一同回到了南方。但是,这同行尸走肉又有什么区别?诗人内心的煎熬在这平淡的诗句中,深深地埋藏着。后两句是他有意识地移情于别物。他的故乡在中原。中国传统讲叶落归根,他经历了绚丽复归平淡,在人生的迟暮之时,对故乡思念,是情理中事。但是,有家欲归归不得,只能空想着家乡的篱菊。他后来终老于江都(即扬州),也就是写诗的处所,令人有些唏嘘之感。

【作者简介】

　　王昌龄(698—约757),唐诗人。字少伯,京兆(今陕西西安)人,一作太原(今属山西)人。开元进士,授汜水尉,再迁江宁丞。晚年贬龙标尉。安史乱后,弃官居江夏,为刺史闾丘晓所杀。后世称王江宁或王龙标。诗以七绝最擅长,有"七绝圣手"之称。《全唐诗》收其诗四卷。

九日登高
唐·王昌龄

青山远近带皇州[1],霁景重阳上北楼[2]。
雨歇亭皋仙菊润[3],霜飞天苑御梨秋[4]。
茱萸插鬓花宜寿[5],翡翠横钗舞作愁。
谩说陶潜篱下醉[6],何曾得见此风流。

【注释】

[1] 皇州:帝都;京城。

[2] 霁景:雨后晴明的景色。

[3] 皋:水边。

[4] 天苑:即禁苑。天子的御苑。御梨:梨的一种。以常供献帝王食用,故名。《文选》左思《魏都赋》谓"真定之梨"。唐李善注:"真定属中山郡,出御梨。"

[5] 茱萸:植物名,香气辛烈,可入药。旧俗谓重阳节佩此可祛邪避恶。

[6] "谩说"句:用陶渊明重阳赏菊醉酒事。

【赏析】

从作品中提到"皇州""天苑"可以推知,应写于他开元十五年(727)至二十一年(733)在长安任秘书省校书郎这段时期。作者生活闲适优游,而又在帝都长安,因此诗中流露出了雍容富贵的气象。前四句写景叙事,"霁景重阳上北楼"一句叙事,将三种景色隔开。这实际上表明了作者赏景的次序。"青山远近带皇州"是登楼前一路所见,而"雨歇"二句是楼上所见,可见作者的叙写,与其行踪是密切相关的,很有层次。这四句明清之际的著名文学评论家金圣叹认为,处处写了皇家气派,如"皇州""天苑""御梨"等词语的运用。"茱萸"两句写作者此时的娱乐。上句写己,鬓边插上茱萸,辟邪祛病,以长生久视;而那些轻歌曼舞的女伎们,尽管想表现出忧愁的样子,但不过是为赋新词强说愁罢了。最后两句是写他本人此时陶然醉乐的心情:别说陶渊明醉酒的故事,他哪里有我现在风流倜傥!金圣叹认为,"此风流"是对五六两句的总括,这是不错的。

【作者简介】

李白(701—762),唐大诗人。字太白,号青莲居士。生于安西都护府碎叶城(今吉尔吉斯境内),五岁时随父迁居绵州彰明县(今四川江油)青莲乡。二十五岁离蜀,长期在各地漫游。天宝初曾至长安,供奉翰林,但不久即遭谗去职。安史乱中,曾为永王李璘幕僚,李璘败后,受牵连,流放夜郎,途中遇赦。晚年漂泊东南一带,最后病殁于当涂。有《李太白集》。

九日登巴陵置酒望洞庭水军[1]

唐·李 白

九日天气清,　　登高无片云。
造化辟川岳,　　了然楚汉分[2]。
长风鼓横波,　　合沓蹙龙文[3]。
忆昔传游豫,　　楼船壮横汾[4]。
今兹讨鲸鲵[5],　　旌旆何缤纷。
白羽落酒樽[6],　　洞庭罗三军。
黄花不掇手,　　战鼓遥相闻。
剑舞转颓阳[7],　　当时日停曛。

酣歌激壮士，　可以摧妖氛。
龌龊东篱下，　泉明不足群[8]。

【注释】

[1] 巴陵：郡名。今湖南岳阳。南朝宋元嘉十六年置。隋开皇九年废。唐天宝元年复置。

[2] 楚汉：指楚地之山川和汉水。颜延之《登巴陵城楼诗》："江汉分楚望，衡巫奠南服。"

[3] 合沓：纷至沓来。　蹙（cù）：动词，聚拢，迫近。　龙文：龙形花纹，喻湖面之状。

[4] "忆昔"二句：用汉武帝巡幸河汾的典故。汉武帝行幸河东（泛指今山西），祀后土（后土祠在今山西万荣县西南宝鼎），与群臣欢宴，因赋《秋风辞》。语云："泛楼船兮济汾河，横中流兮扬素波。"游豫，指帝王出巡。春巡为"游"，秋巡为"豫"。汾，汾河，在今山西。

[5] 鲸鲵：即鲸。雄曰鲸，雌曰鲵。比喻凶恶的敌人。

[6] 白羽：古代军中主帅所执的指挥旗。又称白旄。亦泛指军旗。

[7] "剑舞"句：用挥戈退日的典故。《淮南子·览冥训》："鲁阳公与韩构难，战酣，日暮，援戈而挥之，日为之反三舍。"后人常用此典表示挽回危局。颓阳，落日。

[8] "龌龊"二句：谓陶渊明不足为法。龌龊，指器量局促狭小。泉明，指陶渊明。李白诗中多用之。如《送韩侍御之广德》："暂就东山赊月色，酣歌一夜送泉明。"盖避唐高祖讳。《齐东野语》："高祖讳渊，渊字尽改为泉。"陶渊明曾为彭泽令，因不能"为五斗米折腰"而弃官归隐。后遂借指欲作归隐之计的县令。

【赏析】

这首诗写于唐肃宗乾元二年（759）。在此之前，李白因入永王李璘幕府，而李璘欲起兵反肃宗，兵败而死，李白也被判流放到夜郎。但在行至白帝城时被赦，他顺江而下，写了那首著名的《朝发白帝城》。而这首诗,就写于此后不久,当时他来到洞庭湖边,登上巴陵城楼,眺望浩瀚的洞庭湖,发而为诗。诗的前六句叙事写景。"登高"上应诗题之"登巴陵",下统此层之写景,即无非登高所见。景色描写非常符合人物观物特点,先上后下,先远后近,故天、山、湖一一写到,极有层次感。

"忆昔"到"摧妖氛"十二句照应诗题"望洞庭水军"。诗题下边原有注:"时贼逼华容县。"这是指这一年八月,康楚元和张嘉延领导民变,占据了襄州(今湖北襄樊),张楚元自称南楚霸王。九月,张嘉延率兵一万余人,袭破荆州(治所在今湖北江陵)。当时唐王朝在洞庭布署水兵,以作为长沙、鄂州和岳州的屏障。这一层的前四句写了昔今对比。先宕开一笔,写了汉武帝当年在汾河上的楼船。这是因为,诗人看到了雄壮威武的水军船阵,不由自主地产生了近似联想。而此时水兵战船森列,战旗飘飘,与当年汉武帝的阵势有异曲同工之妙。以下所写均为铺排"今兹"二字。"白羽"四句写法富有变化。一、三两句写诗人自己,先用夸张的手法写军中主帅大旗的倒影,落在自己的酒杯之中;又写自己忘神地注视着水兵船阵,连专为重阳节而采摘的菊花从手中掉下也不知道。二、四句则从色和声两方面概括地描写了水兵的军威,符合遥望的视觉和听觉特点。"剑舞"两句写了诗人的幻想。水兵们的军威真是可以挥戈退日,使斜阳的光辉定格不变。因此顺势带出以下两句期待和信念,这样的军队真是无坚不克,无敌不摧啊!后来的事实也确实如此,商州(在今陕西)刺史韦伦起兵讨伐康张叛军。两个月后的十一月,康楚元被执处死,其众溃散,荆襄一带平定。最后两句,是慨叹战乱时代,百无一用是书生。认为即便像陶渊明那样历代文人的典范,也只能是吟咏一下"采菊东篱下,悠然见南山"之类的闲适之诗。而在国家多事之秋,哪能与这些将士们相比!这也是误入永王李璘叛军之后,作者对自己这类文士的看法。

【作者简介】

见前。

九 日

唐·杜 甫

去年登高郪县北[1]，今日重在涪江滨[2]。
苦遭白发不相放，羞见黄花无数新。
世乱郁郁久为客，路难悠悠常傍人。
酒阑却忆十年事[3]，肠断骊山清路尘[4]。

【注释】

[1]"去年"句：前一年代宗宝应元年（762），诗人亦在梓州，作《九日登梓州城》："伊昔黄花酒，如今白发翁。追欢筋力异，望远岁时同。弟妹悲歌里，朝廷醉眼中。兵戈与关塞，此日意无穷。"郪（qī）县，唐为梓州治所。在今四川省三台县南。

[2]涪（fú）江：水名。在四川省中部，注入嘉陵江。

[3]酒阑：即酒残，酒尽意。

[4]骊山：在陕西省临潼县东南，因古骊戎居此得名。因有温泉，自古便是著名的游览、休养胜地。

【赏析】

诗人结束了在草堂那段清苦却较为安适的生活，在前一年流落到了梓州。第二年唐代宗广德元年（763）重阳节，他作此诗。在前四句写此日情事。首联写头年重阳写了登高诗，第二年重九到了，抚今追昔，再续前篇。去年登高，今年又到了江边，但心境更为凄苦。颔联虽是叙事，但用了"苦"和"羞"，便将内心的苦楚流露出来。白发不饶人，日增月长，诚如诗人所说"白头搔更短，浑欲不胜簪"；而看到每年绽放的菊花总是如此鲜艳，令他羞见。一老一新，一白一黄，两相对照，令人顿生人生易老，转瞬百年的感慨。故后四句一脉相承，写了诗人的客居感怀。安史之乱爆发后，诗人开始了颠沛流离，甚至是寄人篱下的困苦生活。因此颈联两句,就是对他这段生活的写照。尾联写了一段他亲身的经历。天宝十四载(755)冬,诗人自京城长安回奉先的家中,路经骊山,当时唐玄宗正在山下的华清官享乐,安禄山突然反叛。诗人然后返回长安。至写诗时,已约略十年。那时虽然有种种社会矛盾,但仍是开元盛世的遗音,人们过的是太平日子。所以回忆起那时的往事,怎不令诗人伤心欲绝!

【作者简介】

岑参(715—770),唐诗人。南阳(今属河南)人。天宝进士。曾两度从军边塞,到过安西、北庭等地。官终嘉州刺史,后世称为岑嘉州。善七言歌行,以描写边塞生活见长,气势豪迈,情辞慷慨,语言变化自如。诗与高适齐名,并称"高岑"。有《岑嘉州集》。

九日使君席奉饯卫中丞赴长安[1]

唐·岑 参

节使横行东出师[2],鸣弓摄甲羽林儿[3]。
台上霜威凌黄树, 军中杀气傍旌旗。
预知汉将宣威日, 正是胡尘欲灭时。
为报使君多泛菊[4], 更将丝管醉东篱。

【注释】

[1] 使君:指时任虢州刺史者,姓氏不详。 奉饯:设酒送行。奉,敬辞。 卫中丞,指卫伯玉。时任神策军节度使,兼御史中丞。

[2] 节使:即节度使。安史之乱前只在边地设置,安史之乱后遍设内地,掌管一方的军政,亦称方镇。 横行:犹言纵横驰骋。多指在征战中所向无敌。

[3] 擐（huàn）甲：穿上甲胄，贯甲。羽林儿：即羽林军卒。唐置左右羽林军，备用于大朝会及行幸。实为皇帝的禁卫军。

[4] 泛菊：意谓多饮菊花酒。泛，将杯翻过来，指干杯。菊，菊花酒的省称。

【赏析】

　　诗人是唐代边塞诗派的代表诗人之一，但是这首诗却是回到内地后写的。安史之乱爆发后，他在两年后的至德二载（757）才从西域辗转回朝。由杜甫等人推荐任右补阙，以后转起居舍人等官职。乾元二年四月（759），诗人四十五岁之时，被署为虢州（治所在今河南灵宝）长史，五月到任。这首诗即写于这年的九月九日。当时，神策军节度使兼御史中丞卫伯玉率兵路过此地，前往长水（在今河南洛宁县西长水镇）与叛军作战，诗人提笔写下了这首壮行诗。前四句极力铺写军威。大将出征，声威煊赫，手下尽是朝廷禁卫军，属当时最精悍的军队，故甲胄齐整，弓弦鸣响，具有一往无前的气势。诗人在颔联写了两个检阅中的细节，一是枯黄的树叶，二是招展的战旗。其想象的奇妙在于，本是因深秋而黄的叶子，竟被他认为是因为害怕检校台上如霜一般凌厉的威风，以至恐惧得面如黄纸；而军旗的招展是因为冲天的杀气吹拂而致。两个本不起眼的物体，因作者的点化，竟致具有了生命力。后四句写作者的感触。有了这样的将，有了这样的兵，还怕什么叛军作乱。颈联两句，即是表达了诗人的信心，又对卫伯玉表达了美好的祝愿。真是名将出马，海清河晏。作者作为东道主，劝客人多喝些壮行酒是情理中事。为了多饮，招来乐伎助兴，希望对方也能像几百年前的陶渊明那样，在重阳节一醉方休，尽享这战前美好一刻。该年十一月，卫伯玉在长水正式向叛军宣战，发动攻击。

【作者简介】

　　见前。

九月八日酬皇甫十见赠[1]

唐·白居易

君方对酒缀诗章，我正持斋坐道场[2]。
处处追游虽不去，时时吟咏亦无妨。
霜蓬旧鬓三分白[3]，露菊新花一半黄。
惆怅东篱不同醉，陶家明日是重阳[4]。

【注释】

[1] 皇甫十：即唐朝诗人皇甫曙。元和十一年登第。宝历间，崔从镇淮南，署为行军司马。

[2] 持斋：佛教用语。指信佛者遵守斋戒，不茹荤食。即食素。道场：道士或和尚做法事的场所，也指所做的法事。

[3] 霜蓬：喻散乱的白发。李白《怨歌行》："沉忧能伤人，绿鬓成霜蓬。"

[4] "惆怅"二句：用《晋书》陶渊明重九饮酒典故。东篱，指种菊花的地方，菊圃。语出陶渊明《饮酒》诗："采菊东篱下，悠然见南山。"陶家，指陶渊明。

【赏析】

这首诗作于文宗开成三年（838），诗人时年六十七岁。此前三年的文宗大和九年，朝中爆发了天下震惊的甘露之变，部分朝臣在文宗的默许下，谋除把持朝政的宦官集团。然而事泄，以仇士良为首的宦官集团大举反扑，诛杀四位宰相、朝臣无数。从此，文宗成为傀儡，随时可能被宦官废掉。大唐王朝迅速从中唐的中兴之治，转为晚唐的颓阳落日，国势已不可救。诗人虽因年事已高，并未身与其事，因而得以全身自保，但是诗中流露出的颓废情绪，却不能说与此完全无关。

诗的前四句是解释自己无法前去与友人欢聚的理由，并且表达了仍愿参加活动的愿望。首联写作者正在按佛教的戒律,在佛教寺院中吃斋持戒。诗人晚年信佛,并且成为佛教在家弟子即居士,严守"八关戒"。而按照八关戒的规定,每月的八日、十四日、十五日、二十三日、二十九和三十日必须前往佛寺一日一夜,与和尚们过同样的生活。而写诗时正是八日。这是解释自己无法前去的理由。而颔联则是叮咛对方,别看你们来找我,我总是婉言推托,但我的心和你们是在一起的,吟诗活动可别忘了我啊。

后四句则是自己吟咏的内容。颈联表示了自己亦老亦少的状态。虽然年事已高,但心态并未衰颓。如遭过霜打的鬓角,有三分之一是白的了,已进入老年阶段,但是眼前挂满了露珠的菊花,仍有一半是鲜艳娇黄的。引申来说,莫道桑榆晚,为霞尚满天,不正是深秋的自然气候特点,也正是我这个垂暮之人的精神境界吗?尾联仍言及陶渊明重阳醉酒的故事,但反其意而用之:虽然今天没有和你同醉,但是明天我的斋戒期满,你可别忘了像当年的王弘那样,携酒前来啊。

全诗貌似达观,但无一句涉及时政,也从一个侧面反映了甘露之变后文人们噤若寒蝉,谨小慎微的精神状态。

【作者简介】
　　见前。

九日黄楼作[1]

宋·苏 轼

去年重阳不可说,　南城夜半千沤发[2]。
水穿城下作雷鸣,　泥满城头飞雨滑。
黄花白酒无人问[3],　日暮归来洗靴袜。
岂知还复有今年,　把盏对花容一呷。

莫嫌酒薄红粉陋[4]，终胜泥中事锹锸。
黄楼新成壁未干，清河已落霜初杀。
朝来白露如细雨，南山不见千寻刹[5]。
楼前便作海茫茫，楼下空闻橹鸦轧[6]。
薄寒中人老可畏，热酒浇肠气先压。
烟消日出见渔村，远水鳞鳞山齾齾[7]。
诗人猛士杂龙虎[8]，楚舞吴歌乱鹅鸭。
一杯相属君勿辞，此境何殊泛清霅[9]。

【注释】

[1] 黄楼：作者在徐州所建之楼。

[2] "南城"句：写去年徐州发大水之状。南城，城南。沤，水中泡沫。

[3] 黄花：菊花。

[4] 红粉：指歌女。

[5] 刹：佛寺之塔。

[6] 鸦轧：谓摇橹之声。

[7] 齾（yà）齾：形容山峦重叠貌。

[8] "诗人"句：原注："坐客三十余人，多知名之士。"

[9] "此境"句：意谓此时境况与旧日自己泛舟江南霅溪无异。霅（jiǎ），溪名，在今浙江湖州南。

【赏析】

　　这首诗作于元丰元年（1078），诗人当时四十二岁，正在徐州当知州。他邀来酒朋诗侣，在自己新筑成的黄楼登高饮酒赏景，尽享当前美好时光。前六句为一层，回忆了去年今日自己的经历。据史书记载，宋神宗熙宁十年（1077），宋河在卫州、怀州一带决口，濮、齐、郓、徐四州水患严重。作者形象地描写了率领当地百姓抗洪救灾的情事。人们还在梦乡中,没到天明登高过节,城南突发大水,迅速冲进城内。一个"穿"字,写出了洪水涌进城内时的浩浩荡荡的气势。而"泥满"一句,则是暗写诗人作为州长官在城头上指挥抗洪之事。本为过节准备的菊花和美酒乏人问津,等黄昏时分水落下去后,才顾上清洗满是污泥的鞋袜。真可谓狼狈不堪。

"岂知"以下十八句,都是写诗人与友人今年重阳节时在黄楼中饮酒赏景,观舞听乐的事情。前六句叙今日登楼之事,且兼抒发情怀。首句承上启下,从去年情势极度危急,已有生命之虞,故无法顾及以后说起,顺势将笔锋过渡到今年。与去年大不相同,可以从容悠闲地喝一杯酒了。"莫嫌"两句诙谐幽默,酒虽差点儿,佐酒的歌女声色亦不为佳,但是诗人还是兴致勃勃:无论如何总比去年在泥流中挥锹舞锸要好些吧!"终胜"一句照应上文的"泥满"句。"黄楼"两句写饮酒的处所,也是过渡性的句子,为下边的写景做铺垫。因此,"朝来"以下八句,描写了从黎明到日出后的景色。露水凝结,白雾升腾,如同细雨环绕左右,云遮雾罩,远处山上的古塔隐形不现,连楼脚之下的景物也看不清,只能听到河上传来的摇橹声。在这里,作者插入了两句叙事,写其畏寒饮酒之事,使文意有了跌宕,显得非常活泼。作者并无意穿插,看来他完全是按照当时且赏景且饮酒的实际来写的。接着继续写景。终于云开日出,雾气消散,近处的渔村,远处的山水,历历在目,真是江山如画。山水之美再次激发了作者的酒兴。因此,"诗人"四句,写众人喝酒的狂态。照应前边"把盏"和"热酒浇肠"之句。但是前后三处写饮酒,侧重点不同。第一处是小酌,重在观舞听歌;第二处慢饮,意在驱寒,而此处是开怀狂饮,为的是尽兴。因此雅士粗人不分,鹅骨鸭肉随手乱抓,此舞彼唱,虽然吃相难看,场面也乱七八糟,但是人的天性在这一刻却得到了舒展。这与作者后来贬官黄州时的名篇《前赤壁赋》中"肴核既尽,杯盘狼藉。相与枕藉乎舟中,不知东方之既白"的描写很是相像。看来他饮酒通宵,一醉方休是一贯的。这时,诗人自己也不停地劝酒:此处虽地处淮水之滨,但就当是在江南水乡清清的雪

水上泛舟吧。这句有点像是谶语，第二年他就被调去霅溪所在的湖州任太守了。

在写诗的前后，作者因不满王安石变法，在各地当地方官。这一时期，他力图为在任官的处所尽己所能，为百姓做一些实事。这首诗里写到的领导百姓抗洪即其一例。而这首诗在写作中，忽而叙事，忽而描写，忽而抒情，忽而正儿八经，忽而调侃戏谑，完全不顾诗篇的结构层次和感情的同一，任凭思绪信马由缰。正如他所说自己的文章"行于所当行，止于其不得不止"。这是苏轼文学创作中一个突出特点，前人概括为"触处生春"。因此也可以说，这首诗有典型的苏诗风格。而这类随意生发，也是浪漫文学家如庄子、李白等共同的特点。

七、除 夕（8首）

【作者简介】

见前。

除夜作

唐·高 适

旅馆寒灯独不眠，客心何事转凄然。
故乡今夜思千里，霜鬓明朝又一年。

【赏析】

这首诗写作者在旅途客舍中度过大年三十之夜的心境。诗的前两句叙说他的处境，并概说他的心境。大年三十他正在旅途上，不得不在旅舍独自守着昏暗的油灯度过这一年的最后一夜了。白天因为赶路，还顾不上想更多的事情，但现在闲下来，便为自己的处境而伤感了。诗的后两句是对"凄然"两字的铺写。其伤感有两个原因，一是故乡远在千里之外，在别人举家团圆的时刻，自己却远在天涯。新年是中国人最重要的节日。看看现在每年春节前夕，中国有几亿人在路上奔忙，为的就是回家和家人度过这样一个节日，就知道在这个日子的举家团圆是多么重要了。但是诗人却没有这样幸运。二是一年中再没有比除夕之夜更容易让人感到逝者如斯了。一夜过去，所有人都悄然长了一岁。而在中年以后的人对此感觉更为强烈。碌碌半生，事业无成，而不觉中老之将至，大限之日又走近了一步；而那些红粉佳人，可能一觉醒来，突然发现鱼尾纹已偷偷爬上眼边。作者不由慨叹，明天一早，如霜的鬓边，又将增添几根银丝吧。

【作者简介】

  欧阳修（1007—1072），北宋文学家、史学家。字永叔，号醉翁、六一居士，吉水（今属江西）人。天圣进士。曾任枢密副使，参知政事。谥文忠。主张政治改良，要求文章要"明道"、致用，是北宋古文运动的领袖，并积极培养后进。为唐宋八大家之一。与宋祁合修《新唐书》，独撰《新五代史》。有《欧阳文忠集》。

残 腊[1]
宋·欧阳修

腊雪初消上古台，　　桑郊向日彩旗开。
山横南陌城中见，　　春逐东风海上来。
老去每惊新岁换，　　病多能使壮心摧。
自嗟空有东阳瘦[2]，览物惭无八咏才[3]。

【注释】

  [1] 残腊：农历年底。
  [2] 东阳瘦：亦作"东阳瘦体""东阳消瘦"。典出《梁书·沈约传》："〔沈约〕永明末，出守东阳……百日数旬，革带常应移孔；以手握臂，率计月小半分。"原谓沈约因操劳日渐消瘦，后以"东阳消瘦"形容体瘦。
  [3] 八咏才：南朝齐沈约守东阳时，建元畅楼，并作《登台望秋月》《会圃临东风》《岁暮愍衰草》《霜来悲落桐》《夕行闻夜鹤》《晨征听晓鸿》《解佩去朝市》《被褐守山东》等诗八首，称"八咏诗"。亦省作"八咏"。

【赏析】

  这首诗写于宋神宗熙宁元年（1068）。这年诗人六十二岁。此前，他居官朝廷中枢，担任参知政事，相当于副宰相职任，为官刚正，治吏严肃，得罪了不少朝官。他治政的核心是整顿吏治，这与当时已经崛起的王安石要求变革法制的主张迥不相同，而神宗皇帝明显倾向王安石，这使他很不舒心。特别是在前一年，他竟被人中伤说与长儿媳吴氏私通，虽说后来由神宗皇帝出面，澄清了这纯属谣言，但是对欧阳修已造成了巨大的伤害。国事家事，都使诗人心灰意冷，因此多次奏请退休。他在颍州建房，准备退休以后居住。朝廷放他出朝，担任地方官。这时，他任兵部尚书，知青州（治所在今山东益都），充京东东路安抚使。在这首诗里，诗人表现了他消极迟暮的心态。

  诗的前四句叙事写景。这年春季来得似乎格外早，在腊月月末，已经雪消。首句叙登台之事，后三句均为写景。早来的春景扫却了作者的烦闷，因此写景充满了生机。很有层次：先是近处的桑田中，农家为过新年插的彩旗，在丽日照耀下格外光鲜。城南之路的尽头，是绵亘不断的山峦。身在城中，青山仍历历在目。再往东边眺望，天之尽头的大海上吹来了丝丝带有咸味的和风。这些在告诉诗人，又是一年春好处的时光来了。可是，诗的后四句抒情，却真实的表现了此时作者的心态。随着年老体衰，每次新年到来时，都会令诗人惊觉。"惊"字含义丰富，既表现了作者对于时光流逝的敏感，又暗示出他对死神日日临近的畏惧。据史书记载，诗人晚年体弱多病。尽管他仍有满腹的雄心壮志，但是病魔却使得他经常力不从心。因此"病多"一句，体现出他此时的无奈。最后两句用了个典故。南北朝时的东阳城，正是北宋青州的所在。而作者在这座城市中，不由想起了南朝齐时曾在这里担任长官的著名诗人沈约。他慨叹自己也像当年在此的沈约那样，日日消瘦，但是却没能像沈约那样的诗才，能够在公务之余，诗兴大发，佳作连连。

  诗人是北宋诗文革新运动的领导者。以他为中心的诗人群体终于从模拟唐五代诗风的时代诗风中走出，开创了两宋平易浅近，喜用典故的诗歌风格。这些特点在这首诗中也可领略一斑。

七、除 夕

【作者简介】

见前。

壬子除夕[1]

南宋·陆 游

前村后村燎火明， 东家西家爆竹声。
老逢新正幸强健[2]， 却视徂岁何峥嵘[3]！
儿时祝身愿事主， 谈笑可使中原清。
岂知一出践忧患， 敛缩岂复希功名。
霜雪满鬓觉死近， 节物到眼空叹惊[4]。
蚕官社公正暖热[5]， 春盘傩鼓争施行[6]。
蓬门车马所不至[7]， 山僧野叟相逢迎。
呜呼吾曹见事晚[8]， 古俗实在蚩蚩氓[9]。
茅檐一笑语儿子， 明当满举屠苏觥[10]。

【注释】

[1] 壬子：此处指宋光宗绍熙三年（1192—1193）。

[2] 新正：农历正月初一，元旦。也指农历新年正月。这里指初一。

[3] 徂岁：往年。

[4] 节物：应节的物品，如韭黄果品之类。

[5] 蚕官社公：旧传司蚕之神。掌丝事，犯之蚕每多病，丝茧不收。社公：旧谓土地神。

[6] 春盘傩（nuó）鼓：春盘，旧时新年习俗。以韭黄、果品、饼饵等簇盘为食，或馈赠亲友。傩鼓，谓驱逐疫鬼仪式中敲击的鼓声。

[7] 蓬门：以蓬草为门，指贫寒之家。

[8] 吾曹：犹我辈；我们。

[9] 蚩蚩氓：敦厚而愚昧的人。语出《诗·卫风·氓》："氓之蚩蚩，抱布贸丝。"

[10] 屠苏觥（gōng）：装有屠苏酒的酒杯。屠苏，亦作"屠酥"。药酒名，以屠苏草酿制而成。古代风俗，农历正月初一饮屠苏酒。觥，古代酒器，腹椭圆，上有提梁，底有圈足，兽头形盖，亦有整个酒器作兽形的，并附有小勺。

【赏析】

诗人一生谋求收复被金人侵占的北方，统一祖国。多次任官，但因好言恢复，多次被罢免。光宗绍熙元年（1190）六十六岁时，回到山阴（今浙江绍兴）农村老家，此后至死二十年再未出仕。期间虽仍有向朝廷提出抗敌作战的主张，但始终遭受非议。同时，因为养生有术，到了晚年，依然耳聪目明。这首诗里这两方面都有体现，一是仍念念不忘光复中原，二是表现出乐观的生活态度。诗歌的前两句写出了热闹的新年之景，所居乡村到处灯火通明，爆竹震响。三四两句是全诗之纲。以下诗人从"视徂岁"和"逢新正"两方面展开了铺叙。"儿时"以下六句写徂岁。诗人选择了一生的三个典型片断，一个是"儿时"，即青少年阶段。那时的他意气风发，斗志昂扬，自视极高，认为只要身遇明主，便可谈笑间从异族铁蹄下收复北方；"岂知"两句是写他的壮年时期。他初次出仕任某县令未久，就因"交结台谏，鼓唱是非，例说张浚用兵"的罪名而遭免职。张浚是当时朝廷内著名的主战派人士。而此后，仕途上的坎坷就成为他摆脱不了的厄运。乾道八年（1172）主战将领王炎在四川任职，专聘诗人至幕中襄理军务，但是因为朝廷腐败，只求苟安而无意进取，所以他复国的壮志根本无法实现。淳熙二年（1175），范成大又邀诗人当幕僚，任成都路安抚司参议官。因为两人同为当时大诗人，相互间早有诗文之交，因此诗人不守官场礼数。又因复国抱负和个人功名无法实现，为人较为放纵，常有较放纵轻佻的行为。同僚指责他"不拘礼法，恃酒颓放"。于是他索性自号"放翁"，

七、除 夕

并在诗中自我嘲解。诗人就这样在不得意中，结束了官场生涯。"敛缩"两字，极为精简地概括了他这数十年的经历，真可谓一字千钧。"霜雪"两句则是他退休后生活的写照。不觉白发满头，大限将临。但是，由于前边有"幸强健"的描述，因此"死近"之说带有了嘲谑的意味。年节到来时，对着琳琅满目的时节用品，诗人用一种老小孩的方式，不停地惊叹，成为此际唯一能做的事情。一个"空"字，包含着的辛酸，不知人们是否可以体会到？

"蚕官"以下八句，则是具体陈说"逢新正"。此刻，诗人将一切不快统统丢在脑后，尽情享受这新年将临的热闹气氛。先是人们纷纷祭祀蚕神和土地神，"正暖热"写出了香烟缭绕，供品繁多的场面。春节乡里乡亲们将自己家制的各种果盘和食货互相馈赠，一派热气腾腾的淳朴民风。而诗人的家庭贫寒冷清，与他来往的也只是山寺的僧人和年老的农夫。但这并未降低他的兴致。"呜呼"两句是他的肺腑之言。尽管年过花甲，他还是自叹太过年轻，没有见过这样热闹，充满原汁原味的民间过年庆贺方式。诗人一生流离，两年前刚回到故乡，所以发出这样的惊叹是不足为奇的。看来天色已晚，诗人兴奋地叮咛儿子，一定记着备好屠苏酒哦，明天一大早我可是要喝的！

虽然后半部分无一语及中原之事，但是其中的欲说还休，却道快活过个年的苦涩，是否可以读出？

【作者简介】
见前。

除夕送次公子入京受县[1]
宋·杨万里

过眼光阴又岁穷，　相看父子一尊同[2]。
春回雨点溪声里，　人醉梅花烛影中。

汝趁暄和朝北阙[3]，我扶衰病见东风[4]。
弟兄努力思报国， 放我沧浪作钓翁[5]。

【注释】

　　[1] 次公子：即杨万里次子杨次公。生平不详。受县：受县令之职。

　　[2] 一尊：一杯。

　　[3] 朝阙：封建时代臣子朝见国君。宋都原在北地汴梁，后移至南方临安。朝北阙，暗含抗金爱国意。同时又指赴京受职。

　　[4] 东风：古诗词中指代春风。这里比喻政治清明。

　　[5] 沧浪钓翁：同"沧浪老人""沧浪叟"。典出《楚辞·渔父》："渔父莞尔而笑，鼓枻而去。乃歌曰：'沧浪之水清兮，可以濯吾缨；沧浪之水浊兮，可以濯吾足。'"后以"沧浪老人"指隐者或渔父。

【赏析】

　　这首诗写于宋宁宗开禧元年（1205—1206）。诗人漫长的一生快要步入终点时，又迎来了意外的惊喜，二儿子得官知县，要在这岁末出发，前往京城接受任命。在新年将临时，这真是双喜临门，因此诗人高兴地写下了一些感念。前四句叙饯送之事。首联点明时间，写置酒送别。父子在骀荡的春风中，为这样一件使整个家族感到荣耀的事件相对属酒，真是其乐也融融。次联两句写景，与首联挽合紧密。"春回"句照应"岁穷"，"人醉"句照应"一尊同"，看来父子二人在这江南早春淅沥的雨声中，伴着灯烛下摇曳的梅花之影，都已陶然而醉了。这四句是合写父子。而后四句，则写了诗人的寄意，并且将父子双方分写。先写对儿子的期待：春和景明，你要前往朝廷领职谢恩；再写自己的心境，我尽管年老多病，但又在东风中迎来了新的一年，暗含让儿子放心前去，不必为自己担心之意。最后两句是对儿子的叮嘱：你们弟兄两人，都应努力报效祖国，这样，我虽已是垂暮之人，也会在家放心地高唱《沧浪之歌》，安度晚年的。诗人的长子杨长孺因荫庇在十五年前得

七、除　夕

官永州零陵县簿，此时已任知州；而现在二儿子也要去任官。"思报国"不能视作泛泛而发，而是有着特定的含义。十余年前的绍熙二年（公元1192年），朝廷下令江南诸郡行使铁钱会子，杨万里上书谏阻，并且拒绝执行，得罪宰臣，从江东转运副使改知赣州。他未赴任，在这年八月称病挂冠，返回吉水家中。此后，虽然朝廷多次召他任职，且爵位和官位多次迁升，但他再未出仕。虽身在江湖，却心存魏阙。他一生主战，这时，权臣韩侂胄主持朝政，谋划北伐。韩是个志大才疏之人，北伐是个非常复杂的大事，需要认真筹划，他却打算贸然出兵，这与诗人谨慎从事的主张大相径庭，因此使他日夜不安。因此这里的"报国"寄托有诗人的殷殷之意：为官一定要小心谨慎，切不可因大意误事！写完这首诗仅仅五个月后，诗人便溘然长逝了。这是因为，家人知道他忧国心重，一切时政消息都对他封锁。不巧，开禧二年（1206）五月七日，一族侄从外地回来，卒然向他说到韩侂胄出兵北伐之事。诗人大哭，高声呼道："奸臣妄作，一至于此！"他料定韩侂胄的轻举妄动必然贻害国家。当晚诗人彻夜未眠，次日又不肯进食，手书："韩侂胄奸臣专权无上，动兵残民，谋危社稷。吾头颅如许，报国无路，惟有孤愤！"又另写了十四言告别妻儿，笔落而逝，享年八十岁。看到仅仅在此五个月前写的这首诗，我们是否也有诸多感慨？他死后，朝廷赐谥号"文节"，追赠他为光禄大夫。但这都是后话了。

【作者简介】

方岳（1199—1262），宋文学家。字巨山，号秋崖，祈门（今属安徽）人。绍定五年进士。曾任淮东安抚司干官、秘书郎等，知南康军、饶州、袁州、抚州。以骈文知名，诗与刘克庄比肩。诗风疏朗淡远，琢语清新，喜作新巧对偶。其词近苏辛一派，豪迈过人。有《秋崖先生小稿》。

除 夜

宋·方 岳

年华三百六十日, 尘劳八万四千门[1]。
高眠茅屋人亦老, 相对梅花灯欲昏。
静中颇窥造物意, 极处是为天地根。
生菜春盘一杯酒[2], 明朝花柳又村村。

【注释】

[1] 尘劳：佛教徒谓世俗事务的烦恼。《无量寿经》卷上："散诸尘劳，坏诸欲堑。"亦泛指事务劳累或旅途劳累。 八万四千门：本为佛教表示事物众多的数字，后用以形容极多。《法华经·宝塔品》："若持八万四千法藏，十二部经，为人演说。"宋陆游《醉歌》："八万四千颠倒想，与君同付醉眠中。"

[2] 春盘：古代风俗，立春日以韭黄、果品、饼饵等簇盘为食，或馈赠亲友，称春盘。帝王亦于立春前一天，以春盘并酒赐近臣。

【赏析】

诗人生活在南宋后期。在相当长的一段时间里，南方和北方的两大政权平安相处，而南宋经济发达，文人们普遍生活优裕，因此闲适之风颇为盛行。在过年时，诗人总算能偷得浮生数日闲，并且可以思索一些哲学问题了，便欣然命笔，写了他的过年生活和思考。诗的前四句是写平日与今夜的对比。平日劳劳碌碌，忙于无穷无尽的事务。佛教尚清寂，因此"尘劳"与"八万四千门"两个佛教术语的应用，表现出诗人对命中注定的日常琐事既厌烦而又无奈的心情。但是在这老之已至的除夕，却突然无事一身轻了。白天躺在自己的陋室中睡了个好觉，黄昏时分，对灯枯坐。"昏"字的运用，使诗中无一丝过年的喜气，反而平添了几分严肃和深沉。后四句是诗人的思索及其结论。诗人对外边的喧嚣没有充耳不闻,内心处于极度的静默。神游万仞,思接八方,自认窥视到了宇宙深处天地初生时的状态。但是这种状态是什么,正所谓大象无形,大音希声,是无可言状的。因此,最后两句用写物之语,作了渲染。家中生活并不富裕,但是过年的春盘是不可缺少的,就随手摆上几样日常的茶蔬,斟上一杯薄酒;再想想明天天亮以后,千村万户,百花盛开,柳丝迎风的春天气象吧。尾联两句包含的哲理有两条,一是人生在世,过随缘自适,任运自然的生活,无论是穷是富,都可得到生命的真谛;二是万事万物总处于流动不居的状态中,新生事物层出不穷,活泼泼的生命充斥其间。而体察到这些,是可以获得无限的喜悦的。这正是禅宗的思想。而前边引用的佛教术语,也在此得到了照应。

【作者简介】

高启(1336—1374),明诗人。字季迪,长州(今江苏苏州)人。元末隐居吴淞青丘,自号青丘子。洪武初,召修《元史》,授翰林院编修。洪武三年(1370)朱元璋拟委任他为户部右侍郎,他固辞不赴,返青丘授徒自给。后被朱元璋借苏州知府魏观一案腰斩于南京。高启为明初著名诗人,与杨基、张羽、徐贲合称"吴中四杰"。有诗集《高太史大全集》,文集《凫藻集》,词集《扣舷集》。

除夕客中忆女

明·高 启

别家非愿久,回首已徂年。
今夜寒斋雪,何人听折弦[1]?

【注释】

[1] 折弦:用蔡文姬听父蔡邕弹琴典故。文姬六岁时,父邕夜鼓

琴。弦绝,琰闻曰:"第二弦。"邕故断一弦问之,文姬答曰:"第四弦。"

【赏析】

  作者只活了三十八岁便被明太祖朱元璋借故腰斩。他一生都在家中,只有明初三年在外任官,据诗中有"徂年"之称可以推知,这首诗应写于洪武二年(1369—1370)末。诗人从小生活在苏州地区,那里在宋代以后,工商业经济就相当繁荣,因而人们普遍不守礼法,追求自由。作者虽然因才高而受召进南京做官,但是很不适合官场的清规戒律。所以诗一开始就写离别家庭不是他的宿愿,而这种违心的生活转眼已一年多了。除夕之夜,风雪交加,诗人独居寒室,夜不能寐,起身弹琴。但是忽然想到,即便自己将琴弦弹断,如同东汉末年女诗人蔡文姬那样聪明的女儿不在身边,又有谁能听出是第几根弦呢?其中悲切的思家思女之情,呼之欲出。果真在第二年,他断然拒绝了朝廷对自己的重用,毅然辞官返回苏州家乡,重过自由自在的生活了。

  诗人为他的选择付出了生命的代价。表面看来,他之被斩是因为替当时的父母官,也是朋友的苏州知府魏观建筑的衙门写了《上梁文》,其中有讲皇家气象的"虎踞龙蟠"之语,加之这座衙门又建在了与朱元璋争霸的张士诚的宫室遗址之上。这些触犯了朱元璋的大忌。而实际上,在他辞官时已埋下了杀机。中国古代文人们有隐居的特权,因此文人与统治者的关系可分成反抗、合作与不合作三种。除第一种不见容于统治者外,其他两种都是可以的。但是朱元璋却不能允许不合作者,这种人被他视作政权之敌。以高启的被腰斩为标志,隐士作为一个光明正大的群体,在中国就不复存在了。因此,这首诗的悲剧意味尤为深长。

【作者简介】

  蒋廷锡(1669年—1732),江苏常熟人。字扬孙,一字西君,号南沙、西谷、青桐居士。康熙四十二年(1703)进士,雍正年间曾任礼部侍郎、户部尚书、文华殿大学士、太子太傅等职。他也是清代中期重要的宫廷画家之一。谥文肃。曾参与编修多种官修大型图书,如《渊鉴类涵》《佩文韵府》等。著有《尚书地理今释》《条奏疏稿》《青桐轩诗集》《坡山集》《片云集》《西山爽气集》《秋风集》。

甲戌除夕[1]

清·蒋廷锡

间过流光实可怜, 半生狼藉旧山川。
灞桥风雨留残迹[2], 瓜步云烟忆渡船[3]。
庾信声名枯树赋[4], 贾生经济治安篇[5]。
此情已作今宵梦, 细数更筹待隔年[6]。

【注释】

[1] 甲戌:这里指康熙三十三年(1694—1695)。

[2] 灞桥:桥名。本作霸桥。在长安东,跨水而作。汉人送客至此桥,折柳赠别。

[3] 瓜步:地名。在江苏六合东南。有瓜步山,山下有瓜步镇。古时山南临大江,历史上屡为军事争夺要地。步,今写作"埠"。

[4] 庾信:(513—581)字子山,南阳新野人。历仕齐、梁、陈三朝。幼随父出入萧纲宫廷,任东宫学士,为宫体诗代表作家。后又仕梁,奉命出使西魏,期间梁为西魏所灭。留北方,官至车骑大将军、开府仪同三司,迁骠骑大将军。封侯。陈与北周通好,流寓人士,并许归还,唯信不得回。如此至老。《枯树赋》:庾信晚年诗赋名篇之一。风格一改宫体轻艳流荡气,转而苍劲悲凉。以象征手法,写各种树木由于人为原因,不能保持自然本性,特别是由于受宠而导致灾难。着重抒发动乱中贵族文人难以自全的悲哀,哲理味厚,感慨尤深。但大量用典,亦是一弊。

[5] 贾生：即贾谊（公元前 200 年—公元前 168 年），西汉政治家、文学家。洛阳人。少以博学能文闻名，文帝时任为博士，掌文献典籍。以见识和议论受到文帝的重视。朝廷法令规章，多由他主持制定。后遭谗贬离长安，为长沙王太傅。因称贾长沙、贾太傅。三年后召回，任梁怀王太傅。此时文帝对于他的政治主张多不采纳。梁怀王骑马死，贾谊认为自己失职，常悲泣自责，旋死去。卒年三十三。其政论散文最著名者为《过秦论》及《陈政事疏》，又称《治安策》。辞赋大多已亡佚。存《吊屈原赋》《鵩鸟赋》等。

[6] 更筹：古代夜间报更用的计时竹签。

【赏析】

作者康熙三十八年（1699）中举，而写诗还在此前五年。他当时还只是个二十六七岁的青年。诗中既表现了时光不再的伤感，又表达了自命不凡，期待大有作为的抱负。诗的前四句是对以往生活的概括。首联写他对以往生活的自叹。时光消逝，而在这人生最美好的时候，却一事无成，因此发出"半生狼籍"的叹惋。颔联语兼叙描。既写了北地和南方两处代表性的景色，又叙述了自己壮游的踪迹。后四句则是抒发感慨。颈联表达了对个人才能的自负，认为自己既像南朝文学家庾信那样富于才情，又像汉代政论家贾谊那样有着经邦济世的本领。尾联两句则表达了他对未来的美好希望。"此情"照应颈联。怀着这样的才能入睡，但是明天又要开始新的一年，所以"今宵梦"点破诗题中的"除夕"，意谓人生的今年到此为止，因而顺理成章地引出下句，在细数时辰中将要开始的新一年，将是自己人生的一个新的标高。"待隔年"中的召唤之声，隐隐可闻，充分表现出诗人的自信。

【作者简介】

于右任（1879—1964），近代著名政治活动家、书法家。原名伯循，字右任，笔名骚心、大风等。陕西三原人。光绪二十九年举人，因讥议时政而受通缉,逃注上海。后赴日本,入同盟会,从此开始政治革命活动。1912年南京临时政府成立,任交通部次长。受孙中山之命,组织西北革命军讨袁。历任国民政府审计院长、检察院长等。1949年赴台湾。1964年病逝。一生创办报纸、大学,鼓吹革命;提倡草书,兼作诗词。被称为"当代草圣""于草"。诗词多以旧体,内容关切国计民生,文字通俗,风格苍凉悲壮,劲直雄浑。著有《半哭半笑楼诗草》《变风集》《右任诗存初集》《于右任文集》等。

药王山除夕杂感 二首[1]

现代·于右任

伏虎降龙事渺茫[2],洞门香火岁除忙。
疮痍遍地神知否, 儿女痴心祷药王[3]。
岁尽天寒客思孤, 茫茫何处是归途?
家人倘备宽心面[4],应念愁城困老夫。

【注释】

[1] 药王山:在陕西耀县(今铜川市耀州区)城东,于右任家乡三原县北约60华里处。原名五台山,由五座山峦组成,顶平如台。后因唐代医圣孙思邈(民间尊奉为药王),长期隐居于此。故名。

[2] 伏虎降龙:佛教和道教中都有用法力制服龙虎的故事。民间传说,道人孙思邈曾为老虎治喉疾,又为龙王医脑疽(一说背疮,见乾隆《汤阴县志》),病愈后龙虎皆降服,成为贴身护卫。

[3] 药王:即孙思邈(581—682),唐代医学家。京兆华原(今陕西耀县孙家塬)人。幼年患病,刻意钻研医术。曾辞朝廷征召,长期在家乡隐居,行医济人。在总结前人的医药理论和临床经验的基础上,编成《备急千金要方》和《千金翼方》两书。医德高尚,对病人不分贵贱贫富,一心救治。被后人尊为"药王"。

[4]"家人"句:作者自注:"三原风俗,以除夕面为宽心面。"宽心面:北方汉族春节时的一种节日食品。流行于山西吕梁、陕北一带。每年除夕,用豆面制作,面条较平时宽而且薄。初一早餐时食用,取"一年到头心宽可意"之义。故称宽心面。

【赏析】

　　这首诗写于1921年2月7日,是农历的大年三十除夕。诗人时任陕西靖国军总司令。当时时局正处于危难之中,但是在除夕时,诗人还是抽出时间,前往耀县的药王山游览。前一首是有感于时事而发。药王孙思邈可降龙伏虎,但是这种事太过渺茫,无可求证,而当地的善男信女却信以为真,纷纷在除夕这礼神的日子,前去叩头烧香,忙忙碌碌。传说药王可以救世,但是在这天下纷争,军阀混战,生灵涂炭,哀鸿遍野的时候,却撒手不管,而他的孝子贤孙们却仍痴心一片,纷纷拜祷。诗中对药王的不敬和对民众的愚昧的冷嘲热讽之意,不难体会。

　　后一首是对自己处境的写照。在这北方大地天寒地冻的时候,自己的心里也同样是白茫茫一片,不知路在何方。由于前一年7月北方的直皖大战后,皖系军阀战败,盘踞在陕西的皖系军阀陈树藩被直系军阀派出的冯玉祥部赶出陕西,使靖国军多年的死敌销声匿迹。但是,北方的军阀混战的局面,仍一如既往。直系军阀吴佩孚在洛阳正积极练兵,图谋以武力统一全国。而陕西靖国军这支忠于南方孙中山领导的国民政府的军队,被他视作眼中钉,肉中刺。冯玉祥伸出了橄榄枝,要求收编这支军队。靖国军的武器装备都远逊于直系军队,军中赞成收编的声音甚嚣尘上,诗人对此身心俱疲,无妙计可施。因此想到,家乡的过年食品宽心面,是否真可宽心,让坐困愁城的自己找到一条解脱之道?

　　这两首诗坦诚真率,抒情自然,可以看出诗人的胸襟怀抱。而诗歌语言明白如话,也可看出近代诗界革命与新诗运动后,中国古典诗歌的新变化。

图书在版编目（CIP）数据

中华传统节日诗词诵读（雅赏编）/傅璇琮主编；淡懿诚，贾三强选编；贾三强，赵国庆，刘璐注释. —西安：三秦出版社，2010.5

ISBN 978-7-80736-648-5

Ⅰ. 中… Ⅱ. ①傅… ②淡… ③贾… ④赵… ⑤刘… Ⅲ. 诗词—文学欣赏—中国—青少年读物 Ⅳ. I207.2-49

中国版本图书馆 CIP 数据核字（2009）第 086533 号

中华传统节日诗词诵读（雅赏编）

主　编	傅璇琮
副主编	阎　琦　淡懿诚
选　编	淡懿诚　贾三强
注　释	贾三强　赵国庆　刘　璐
出版发行	陕西出版集团　三秦出版社
	新华书店经销
社　址	西安市北大街 147 号
电　话	（029）87205121
邮政编码	710003
印　刷	陕西丰源印务有限公司
开　本	850×1168　1/32
印　张	6.75
字　数	187 千字
版　次	2012 年 1 月第 1 版
	2012 年 1 月第 1 次印刷
印　数	1～3000
标准书号	ISBN 978-7-80736-648-5
定　价	18.00 元